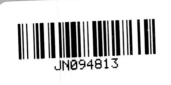

妻の章子と長女、生後間もない長男。

武雄初のジャズレストラン「ブルーノート TOYO」。

ジャズボーカルの大橋美加さん、余嶋研一さんのピアノトリオのライブコンサートを開く。

野外ライブも開ける大型のSTAGE CAR。

初代クルーザーのストレブロ（40フィート、スウェーデン製）を操縦する私。

池田 繁
IKEDA Shigeru

人生は自分で測れ！

すべては80万円の
中古セドリックから始まった

文芸社

はじめに――佐賀の測量会社社長の立志伝

あれは昭和四四（一九六九）年二月の、寒いある日の事でした――。

通学用のコートをしっかり羽織って、学帽を被った高校一年生の私は、数日分の着替えと日用品、そして、授業に必要な教科書や参考書などを入れた鞄を手に持って、勝手口から家を出ようと、肌寒い台所のコンクリート土間に降りました。

両親は家を空けており、兄と姉は既に家を出ていました。一つ年下の妹・つたえが丸い石油ストーブのそばで暖を取っていました。

私は声を掛けるかどうか一瞬ためらった後、口を開きました。

「つたえ、世話になったな！」

私がそう言うと、つたえは怪訝《けげん》そうな顔で私を見ました。

「えっ！　お兄ちゃん、どこに行くの？」

「家を出るから」

私はぶっきらぼうにそう答え、勝手口の引き戸を開けました。

わけが分からないつたえは、

「待って！　待って！」

と言って、泣きながら私を引き留めようとしました。

しかし、私は涙を流すつたえを一人残して、家の外に出ました。そして、停めてあったオードバイに跨り、寒風吹きすさぶ中、田んぼ道を猛スピードで走り出しました。

――今思えば、まるで映画『男はつらいよ』シリーズで旅に出る寅さんと妹・さくらのやりとりの子供版のようですが、それが一六歳の冬の事でした。

その時の〝家出〟は残念ながら一カ月で終了し、私は再び実家に戻りました。しかし、一人で生きていくという〝志〟は私の心の中から消える事はなく、その日から私は人生を切り開いてきました。

二六歳で故郷・武雄に測量会社を起業し、その後はコンビニエンスストア、ジャズレストラン、新聞販売店、介護部門……と新規事業にも挑戦しました。武雄の象徴とも言える御船山《みふねやま》を望める場所に一〇階建ての大きな自社ビルを建てる事もできました。

　家業（農業）を継げという親に逆らって、自分で一から開拓して仕事をしてきた事だけはささやかな自慢です。後に自分の天職となる測量の仕事にならっていえば、〝自分で自分の人生を測って生きてきた〟と言えるかもしれません……。

それでもまだまだ道半ばで、やりたい事は山ほどあります。

その点では、功成り名を遂げた偉人が書く自叙伝のような大それたものではありません。

まだまだ一つの通過点ではありますが、これまでの人生を省みると同時に、新たな一歩を踏み出すために現状を再確認するための〝記念碑的〟なものかもしれません。

　本業はもちろん、今後の新たなビジネスに一歩も二歩も踏み出すための記念碑として、本書を世に出したいと考えております。どうかご一読いただければ幸いです。

令和二年一二月　池田　繁

目次

第三章　測量の仕事に明け暮れた日々
――帰郷して結婚し、一男二女を得る　67

第二部　東洋測量設計の起業から方位学まで

第一部　農家の息子が測量会社を興すまで

第一章　農家に生まれた私の少年時代
――おばあちゃん子だった幼少期

●地主の次男として生まれる

私は昭和二七（一九五二）年六月二三日、佐賀県武雄市橘町大字片白三四六番地に生まれました。

武雄市は、地図で見ると九州の北西、佐賀県の内陸部に位置しています。九州の玄関口とも言える福岡・博多からはＪＲ佐世保線の特急電車に乗って一時間程で武雄温泉駅に着きます。

「武雄温泉」と言えば、ご存知の方も多いでしょう。駅から西へ歩いて一〇分ほどのところに武雄温泉街があります。

武雄温泉の開湯は約一三〇〇年前に遡るそうです。

この地に残る伝説によりますと、神功皇后（第一四代・仲哀天皇の皇后）が凱旋の途、太刀の柄《つか》で岩を一突きしたところ、たちどころに湯が湧き出たと言われています。

その由来から古くは「柄崎温泉」、また、蓬莱山の麓に湧く事から「蓬莱泉」とも呼ばれていたそうで、嬉野温泉同様、『肥前国風土記』にその名前が登場しています。

戦国時代になると、豊臣秀吉が朝鮮出兵の際に負傷兵士の湯治場として利用したとも言われています。その後、江戸時代は街道の宿場町としても栄え、幕末には長崎を往来した勤皇の志士や文人らが盛んに武雄温泉を訪れたと言います。

その中でも著名な人物には、佐賀藩主・鍋島氏はもちろん、江戸時代初期には伊達政宗、宮本武蔵らが、幕末にはシーボルトや吉田松陰も入湯したとも言われる由緒正しい温泉でもあります。

温泉街の中心地には、東京駅丸の内駅舎や日本銀行本店などを設計した明治、いや、近代日本を代表する有名な建築家・辰野金吾が設計し、大正三（一九一四）年に完成した、まるで竜宮城のような朱塗りの立派な楼門（釘を一本も使っていないそうです）と往時を偲ばせる見事な旅館の建物（武雄温泉新館、現在は資料館）が今も残っています。

主に洋風建築を手掛けた辰野には珍しい和風建築で、ともに国の重要文化財に指定されています。大正浪漫の世界に引き戻されたかのような風情の温泉も人気で、地元の方が気軽に入りに来るだけでなく、観光客もたくさん訪れています。

現在は「元湯」、「蓬莱湯」、「鷺乃湯」の三つの共同浴場があり、地元の人や観光客でいつも賑わっています（入湯料は大人四五〇円～六八〇円）。特に元湯は現在使用されている温泉施設の建物としては、日本最古のものとか……。

なお、泉質はさまざまな成分が程よく入った弱アルカリ単純泉で、保温性に優れ、肌になじんでしっとりする事から、昔から〝美人の湯〟とも呼ばれているそうです。

――さて、私が生まれたのはそんな武雄の温泉街から車で十数分走った自然の中です。四方を見渡せば田んぼばかり、武雄の代名詞とも言える三つの山が連なる御船山を南西に見て、周囲をほぼ山々に囲まれたのどかな田園地帯です。

そんな土地に、私は農業を営む池田徹男の次男として生まれました。

大正六（一九一七）年生まれの父・徹男は、もともと祖父・愛吉の弟・亀一の長男でしたが、長男だった愛吉夫婦に子供がいなかった事から養子になったと聞いています。

手元にある『海軍兵学校出身者（生徒）名簿』によれば、父は戦前の昭和一一年（一九三六）年に佐世保海兵団に入団し、新兵教育を終えた後は練習特務艦敷島や砲艦熱海に乗り組みました。熱海を退艦後は神奈川県にあった横須賀海軍航海学校に入学し、卒業後は戦艦霧島に乗り組みました。

父・徹男。大正６（1917）年まれ。昭和11（1936）年に佐世保海兵隊に入隊した後、砲艦熱海、戦艦霧島などに乗り組む。太平洋戦争開戦後は、マレー作戦、ミッドウェイ戦、ガダルカナル島作戦に参加。終戦後は農業に従事する。

太平洋戦争が始まると、父は巡洋艦由良に乗り組んでマレー作戦や、太平洋戦争の趨勢を決めたとも言われるミッドウェイ作戦、ガダルカナル島作戦など、日本人なら誰もが知るような名だたる海戦で活躍しました。その後は佐世保海兵団に帰団し、昭和一七（一九四二）年以降は教官となって終戦を迎え、戦後は家業の農業を継いだのです。

出征した若者たちの多くが無念の死を遂げる中、父は過酷な戦いに参加しながら、無事に生きて帰る事ができました。そのお陰で私や子供・孫たちの今があるのです。

戸籍上、私は父・徹男の次男ですが、父と最初の妻・冨美江との間に一回り年が離れた兄・保洋がいます。冨美江は若くして命を落とし、後妻として池田家に嫁いだのが私の母・種子です。私の上に姉・あさ子、下に妹・つたえがいます。

●お前が農家を継ぎなさい

「農家を継ぎなさい」

私が小さい頃から、父は私によくそう言っていました。

しかし、家業を継ぐといっても、そもそも私は次男ですから、本来なら長男の保洋が家督を継ぐはずです……にもかかわらず次男の私に家を継がせようとしたのは、兄弟のうちで両親ともに揃っている私を継がせた方が、池田家的にも世間体的にもいいという事だったのかもしれないと推測しています。

兄・保洋は成績優秀で、地元の高校を出て福岡の大学に進学し、彼の地で就職したという理由も大きいかもしれません。

保洋は今で言うところのイケメンで、昔、「美しい十代」の大ヒットで一世を風靡した人気歌手の三田明にそっくりでした。穏やかな性格で頭も良く、両親が農作業をしている間も、姉や私、妹の世話をしてくれたり、勉強を教えてくれたりしました。

父の代より以前、農地改革以前の池田家は田畑を何十町も所有している大地主だったと聞いた事があります。しかし、私が生まれた当時、池田家の田畑は一町六反で、今で言えば約一万六〇〇〇平方メートル（一反が約三〇〇坪で、一町＝一〇反ですから約四八〇〇坪）と、それでも大きな地主ではありました。ただし……。

「農業をしながら息子二人を大学に行かせるのは大変だ。すまんが、お前は高校までだ」

父からはそう言われていました。

実家は茅葺屋根の二階建てと瓦屋根の家が二棟繋がったような屋敷でした。当然、部屋

武雄市橘町の生家。

兄弟との記念写真。向かって左から兄・保洋、妹・つたえ、私、姉・あさ子。

数もたくさんあって、私が生まれる以前は父の兄弟三家族が同居していたと聞いています。私が生まれた頃は我が家の家族六人だけでしたが、家族以外に住み込みの女中さんが数人いました。そして、私の世話をしてくれる乳母もいました。乳母は私が物心つく頃までに三人が入れ替わりで世話をしてくれたのを覚えています。

当時の農家にしては裕福でしたから、生活には何も不自由しませんでした。

ある時、小学校の友達と話をしていて、同級生はみんな〝小遣い〟をもらっていて、学校から帰ると〝おやつ〟というものが出てくるのを知りました。

小遣いもおやつも、私は全然意味が分かりませんでした。

なぜなら、うちは一切、おやつはないし、小遣いももらった事がないからです。

何か欲しい物や必要な物があると、親に言えば、すぐに買ってくれました。おやつも同様で、「××××が食べたい」と言えば、たいていの物は親が買ってくれたのです。

私の幼少時は日本が戦争に負けてまだ一〇年も経っていない頃で、高度経済成長期を迎える少し前の事ですから、日本はまだまだ貧しい時代でした。しかも、九州の田舎町ですから裕福な人を探す方が難しかったでしょう。

母・種子。

小学校の同級生も貧乏な子供が多い中、私は何の不満を持つ事なく生活できたのですから、両親には感謝したいと思います。

元軍人だった父は口数少ない温厚な人で、その代わりと言ってはなんですが、母は厳しい人で私もよく叱られました。

これも今思えばですが、母は後妻ですから、周囲の目を気にして、粗相のないように厳しく躾をしていたのではないかと思います。当然、私も母が厳しいのは知っていますから、普段から怒られないようにしていました。

――それでも、私の子供時代にこんな事がありました。

農家ですから、秋の刈り入れの季節は家族総出で働きます。

当然、私も農作業を手伝っていたのですが、脱穀作業をしている最中、母が「ここをこう持ちなさい」、「そこでこうしなさい」など、ああしろ、こうしろ……と次々に命令してくるのです。その指図があまりに細かくて、私は堪忍袋の緒が切れました。

〝これ以上、言う事は聞かないぞ！〟

そう思った私は、幼いながら抗議の意味を込めて、そこにじっと立っていました。いわゆるストライキです。

それを見た母は、勝手にしろとばかりに私を放っておきました。

ところが、しばらくするともみ殻が脱穀機からガーッと私の方に飛んでくるようになりました。中身は空ですから痛いわけでありませんが、顔に当たりますし、頭や肩のあたりにはもみ殻が溜まっていきます。

それでも私が動かないでいると、父がなぜか私の方に近付いてきました。

これはいよいよ怒られるのかと思って身構えていると、父は何も言わず、私を両手で抱えてスッと持ち上げて、少し離れたもみ殻が当たらない場所に下ろし、また何も言わずに去って行って自分の仕事に戻りました。

拍子抜けして、私は農作業を再び手伝い始めました。それは寡黙な大正生まれの九州男児ならではの優しさだったのかもしれません。

父からいつも聞かされていた名言に、「お金は無駄遣いするな」というものがあります。

お金を持っていれば人は従う。「右を向け」と言えば、左を向きたいと思っている人でも必ず右を向く。つまり、お金持ちには逆らえない、というのです。

●子供の頃からの機械好き

私は子供の頃から乗り物が好きだったようです。

昔撮った写真に残っていますけれど、家にある耕運機に乗って農作業を手伝うのが大好きでした。

近隣の友達の家も農家ばかりですから、みんな家業を手伝っていましたけれど、さすがに小学生で耕運機を運転している人間はいませんでした。

耕運機にはハンドル式の発動機がついていました。そのハンドルを回して発動機を動かすのですが、子供ですからタイミングが悪かったりすると怪我をする可能性もあります。

「危ないから耕運機の運転はやめなさい！」

両親も心配していたようで、よくこう言われていました。

それでも私が耕運機の運転をやめないものですから、ある日、ついに着脱式のそのハンドルを外され、どこかに隠されてしまいました。

〝これは困ったぞ！　どこに隠したんだろう？〟

そう思いました。家中あちこち探し回って、ようやくハンドルを見付けました。私は大喜びでそれを持って発動機にセットして、再び耕運機を運転したのです。

とにかくそれくらい耕運機の運転が大好きで、それは間違いなく。後の私の乗り物遍歴に繋がっています。

乗り物好きにも通じるかもしれませんが、もう一つ好きだったのが機械いじりです。

いや、機械いじりというより、手仕事や細かい作業が好きだったというのもあります。小学校六年生の頃は家庭科の授業が好きでした。

家庭科というと男の子は敬遠しがちですが、針に糸を通すのも得意でしたし、雑巾を縫ったりする裁縫仕事も好きでした。

また、私が生まれたのは古い木造家屋ですから、あちこち改装する事がありました。すると、大工さんが毎日のように来ますから、その人の道具を勝手に使って、かまぼこ板に釘を打っていろんな物を作る工作を楽しんだものです。

●コンセントに針金を差し込む⁉

もう一つ、電気に対する興味が強かったのも覚えています。

ある時、両手に針金を持って、これを二本同時にコンセントに差し込んだらどうなるだろうかという素朴な疑問を持ちました。思いついたらもう、実践してみない事にはどうにも気持ちが落ち着きません。

〝何を馬鹿な事をしているんだ！〟

〝そんな事をしたら感電死するぞ！〟

――もちろん、ほとんどの方はそう思われる事でしょう。

私も多少不安なところはありましたが、不安よりも好奇心の方が勝ってしまったというのが正直な気持ちです。

「一、二の三！」

そう自分で声を出し、一気に両手同時に針金を差し込みました。

その瞬間、体中を頭のてっぺんから爪先までビリビリッと電気が走り抜けました。と同時に、当然ですけれどブレーカーが落ちて家の中が暗くなりました。これには驚くと同時に大いに焦りましたし、ジワッと冷や汗が出てきました。

〝まずい！　お袋に知られたらどうしよう〟

そう思いましたが、しばらくすると、両親のどちらか、あるいは女中さんだったかもしれませんが、誰かがブレーカーを元に戻したようで家の中が明るくなりました。幸いうまくごまかして私のせいだとは気付かれずにすみました。

日本の電圧が一〇〇ボルトでしたからその程度で済んだと思ったのですが、大人になってから調べてみると一〇〇ボルトでも感電死する事もあるようです。まさに九死に一生を得たわけで、私はホッとすると同時に、運がいいなあと思いました。

ただ、その時に私がどう感じたのかというと、実は何とも言えない気持ち良さを感じたのです。天にも昇るような気持ちというのでしょうか、その時から、電気に対する怖さがみじんもなくなりました。

それが幼稚園の頃の事で、武雄市立橘小学校に上がる頃になると電気の扱いはさらに進化しました。

当時、風呂は家の裏手にあって、灯りをつけても薄暗いままでした。

ちなみに風呂の水は水道を使うのではなく、家の横にあった大きな堀からバケツで水を汲んでいました。何回も往復して風呂桶をいっぱいにしたものです。

しかし、家の裏手ですから、どうしても辺りは薄暗いのです。

〝風呂場が暗いなあ。明るくしてやろうじゃないか〟

私はそう考えました。

そして、あちこちから使っていない照明を集めて来て、中をばらして電球を取り出し、配線を組みかえようとしました。今なら絶縁テープを使いますけれど、手元にそんなものはありませんでした。救急箱から絆創膏を持ち出してきて、包丁で電線をむき出しにしては自分で結んで絆創膏を貼って、配線を完成させて灯りが点くようにしました。

これは家族から感謝されましたが、学校から帰って来ると、そんな遊びのような、今でいうところのＤＩＹのような事ばかりしていたものです。

●学級委員を三度務める

そんな風に、耕運機を運転したり、機械いじりをしたり、あるいは近所に住んでいる友達と遊んだりと、実に楽しい少年時代を過ごしていました。

一方で肝心の学校の勉強はと言うと、とりわけ熱心でもありませんでしたけれど、普通にできていたと思います。

ただし、今も昔も字が下手なのだけは否定できません。

よく子供の頃に学校で字を習う時、学習帳に書かれた点線をなぞって覚えるでしょう。

〝なんて無駄な事をしているんだろう〟

そう思っていました。どうも私は小さい頃から、敷かれたレールの上を進むのが嫌いだったのかもしれません。私はあれが好きではなくて、全然やりませんでした。

字が下手なのはそれが原因だと思いますし、唯一、その点だけは悔やまれます。

一方で小学生時代に学級委員を三度務めた事があります。

今はどういう選び方か分かりませんが、当時、学級委員は担任の先生が指名していました。まあ、私の家が地元でも二番目に大きな地主でしたから、いわゆる大人の事情でそのあたりも学級委員に指名する理由になったかもしれません。

学級委員になるとバッジがもらえます。それを我が家で一番喜んでくれたのが祖母のキセでした。

私は子供の頃から〝おばあちゃん子〟で、祖母には可愛がられました。寝る時も祖母の布団で一緒に寝ていたほどで、他の兄弟は一緒に寝た事はありません。

生まれた時代が時代ですから、祖母は学校に通った事がなく、読み書きも片仮名しかできませんでした。だからかもしれませんが、よく学校の話を聞きたがりました。

〝今日はどうだった？〟

学校から帰って来ると、そんな風に聞いてきました。私も祖母にその日の話をするのが大好きでしたし、祖母も私に将来のアドバイスをしてくれました。

明治生まれの祖母から男としての生き方を教えてもらいました。今でもたまに祖母が夢に出てくる事もあります。

今も学級委員のバッジをつけた写真が二枚残っていますけれど、両方ともしっかりポーズを取った記念写真で、わざわざ武雄にある写真館に出向いて撮ったものです。

昔は写真館に行って写真を撮るなんてめったにありません。結婚式や成人式、七五三くらいでしょう。ですが、祖母に学級委員になった事を報告すると、こう言われました。

〝じゃあ、記念に写真館で写真を撮りましょう！〟

そこで武雄市内にある写真館に行きました。

緊張する私を前に館主のカメラマンは、「もっと顔を上げて」とか、「ちゃんと手を握って」とか、あれこれ指図されたのを覚えています。

祖母は写真を家に飾っていました

小学４年生のときに学級委員に選ばれ、写真館で撮影。

けれど、自分の孫がさぞ自慢だったのでしょう。

●母を差し置いて授業参観に来た祖母

祖母の思い出では、もう一つ、学校の授業参観があります。

授業参観と言えば、たいていは母親が来るものです。母も本当は行きたかったと思いますけれど、一回も来た事がありませんでした。

なぜなら、私の授業参観は祖母の担当だったからです。我が家では祖母が実権を握っていましたので、祖母が「授業参観に行く」と言ったら母も従うしかありません。

当日、祖母は着物を着て、髪をしっかりセットして学校にやってきます。しかも、普段は掛けた事もない眼鏡を掛けています。

祖母が亡くなった後に聞いた話では、祖母は眼が悪くはなかったので、あれは度が入っていない伊達眼鏡に違いないという事でした。格好をつけるために眼鏡を掛けていたのでしょうが、そんな祖母が私は大好きでした。

祖母は九五歳で他界しました。

勉強はそれなりにできましたし、宿題で苦労したという記憶もありません。その代わり、授業は一生懸命に受けていましたから、小学校ではいわゆる優等生の部類だったかと思いますし、本当に楽しい学校生活でした。

ただ、小学校六年生の時に一つだけ残念だった事があります。

私は太鼓や鉦《かね》……お祭りの際に叩くような鉦が好きでした。これは後の楽器好きにも関係してきますけれど、音を出す物が大好きでした。

そんな中、小学校六年生の時に橘小学校で初めて鼓笛隊が結成される事になりました。縦笛や太鼓を演奏するのですが、私がその時やりたかったのは楽器より指揮者でした。長い棒（指揮棒）を振って中央で格好良く指揮する人間がやりたかったのです。

ある日、鼓笛隊を選ぶ六年生だけの集会が開かれ、先生がこう口を開きました。

「指揮者になりたい人はいるか？」

その時、私は内心、手を挙げたくて仕方がありませんでした。しかし、自分から手を上げるのは格好悪いと思い、誰か推薦してくれないかと思いました。

少し間が空いて、それでも誰も手を挙げなかったものですから、先生は言いました。

「じゃあ、××がやってくれるか」

そう言って、別の人を指名しました。私はその瞬間、がっかりしました。今、この年になるまでその時のショックを忘れませんし、ものすごく後悔しています。

〝あの時、何で手を挙げなかったんだろう〟……と。

今はそうでもありませんけれど、小学校の頃は背が高くて、いつもクラスで後ろから二番目、三番目でした。それもあって、鼓笛隊の指揮者の白い服を着たらバッチリ似合うという自信さえありました。しかし、結局、手を挙げられませんでした。

今だったら遠慮なく一番に手を挙げるところでしょうけれど、当時はそういう控えめなところもあったのかもしれません。

●生長の家との出合い

身長の話で言えば、小学校の頃は背が高かったのに、それ以降、あまり背が伸びなかったのには一つの理由があると思っています。

小学校高学年の頃だったと思いますが、宗教家・谷口清超さんが副総裁として活動していた「生長の家」が武雄に進出してきました。

　ある種、新興宗教のようなものですから、両親は快く思っていませんでした。

　私も生長の家に誘われたので親に相談しました。案の定、いい顔はしませんでしたけれど、友達も入っているなら……という事で許してくれました。

　それが小学校五年生の時で、武雄中学、佐賀農業高校時代とずっと生長の家の活動を熱心にしていました。常に谷口清超の本を読んで勉強していたものです。


　高校生になると、生長の家佐賀県支部の高校生連盟の会長に推薦されて、会長を二年間務め上げました。

　生長の家では何をするかというと、いつも年下の会員たちの相談事に乗っていました。いろいろな悩み事を相談されますから、それに誠心誠意答える事で自分も精神的に非常に鍛えられました。


　あまり熱心に取り組んでいたものですから、父からはこんな事を言われました。

「そんなに熱心にやっていると、いつか神様になってしまうぞ！」

——結局、私は神様にはなりませんでしたけれど、人間としては成長しました。ところが、一つだけ成長しない事があったのです。

それが身長です。

なぜ身長が伸びなかったというと、その原因は正座にあると思っています。

生長の家にある道場では修行中、常に正座をさせられましたし、夏休み、冬休みに三泊四日の合宿講座があって、その際、道場で日がな一日修行をさせられます。その間、大きな畳の部屋でずっと正座をしていないといけません。

当然、足がしびれます。でも、しびれたからといって足を崩すと、教官に木刀で叩かれます。我慢しなければならず、みんなそうした厳しい教育を受けていました。

小学校時代まではクラスで並ぶと大抵後ろから二番目で背は高かったのに、中学以降、身長が伸びなかったのは正座をしすぎて膝を圧迫したせいだと思っています。生長の家には大いに感謝していますが、その点だけは後悔が残ります。

私自身、生長の家の思想には共感していました。学校の勉強で一番になるとか、そういった小さな話ではありません。

〝世界を平和にしよう〟〝戦争をなくそう〟という主張で、子供心になんてスケールが大きな話なのだろうと感動したものです。

〝人間はみんな神様の子供で、日本の国を救うんだ〟

――本気でそう思っていました。

山上でトランペットを吹く。昭和44（1969）年頃。

また、生長の家では会員の拡張にも励みました。

「生長の家に入りませんか？」

中学生の頃は青年部の方が運転するオートバイの後部座席に乗って近隣を回り、そんな風に言って勧誘しましたし、青年部になってからは自分でオートバイを運転して、後ろに若い会員を乗せて勧誘に行きました。

この時の経験が、後の新聞奨学生時代に生

きてくるのかもしれません。

免許取得後に買ってもらったバイクと。後ろは生長の家の武雄道場。昭和44（1969）年頃。

第二章　家出してまで家業を継ぐ事を拒否

——佐賀農業高校土木科に進学し測量の道へ

●測量という仕事との出合い

私が進学した佐賀県立佐賀農業高校には、農業科と農業土木科（現在は環境工学科）、畜産科、生活科の四つがありました。

そもそも私は進学する高校を決めるに当たって、前述しましたように機械が好きですから、当然、機械科に進みたいと考えていました。

近隣に有田工業高校があって、そこの機械科に行きたいと親に言いました。

有田ですと武雄から約一五キロありますから電車通学になります。しかも、当時の有田工業高校は不良が多いというイメージが浸透していました。

親にしたら、跡取り息子を不良の巣窟《そうくつ》に入れるわけにはいかないから絶対に行かせないという返事でした。

「私と同じ佐賀農業高校の農業土木科に行きなさい」

その時は農業土木科が何を勉強するところかよく分かりませんでしたが、家の裏にある堤防で測量作業をしているのを見た事があって、父から、ああいった仕事も農業土木科で勉強するという事を教えてもらいました。

何だか面白い仕事だなと思って佐賀農業高校農業土木科を受験し、無事に合格しました。


今思えば、親からすれば機械専門の高校ではなく、農業高校に行かせておけば、卒業までの三年間に家業を継ぐ方に心変わりしてくれるかもしれないという淡い期待があったのかもしれません。

しかし、結論を言えば、農業を継ぐ事はありませんでした。

ですが、これは後程お話しますが、佐賀農業高校の農業土木科に進んだ事で、その後の仕事において大きなアドバンテージを得られたのも事実です。

農業を継がないと言っても、勘当するから家を出ていけと言うわけでもなく、親として接してくれた父には感謝しないといけません。

佐賀農業高校の農業土木科で学ぶ事は、測量や建設関係の知識です。授業は特別難しいと思った事はなく、楽しく勉強しました。生徒は男ばかりで、みんな農家の人間でした。そのため、田植えや稲刈りといった人手が必要な時期が来ると、校外実習と言って休みになります。

みんな自分の家の仕事を手伝えるよう、一週間程度休みになるのです。高校時代、実はそれが楽しみでした。家の仕事を手伝うと言っても朝、少し手伝う程度で、午後は友達の家に遊びに行ったものです。

●自動車学校に通わず免許を取得

私は機械いじりが好きなのと同様、乗り物を運転するのが大好きです。免許が取れる年齢になって以降、オートバイ、自動車、そして、陸の上だけに飽き足らず、クルーザー……とさまざまな乗り物を操縦してきました。

しかも、単に自動車と言っても乗用車だけでなく、かといってスポーツカーでもなく、キャンピングカーや観光バスといったちょっと変わった自動車を所有していた時期もあります。そのあたりの乗り物遍歴も後述したいと思います。

さて、高校に入るとすぐに一六歳の誕生日が来るわけですが、一六歳になって何をするかというと……そうです、普通自動二輪の免許を取りに行きました。

高校では正式にはオートバイ通学を認めていませんし、免許取得を許可していたわけでもないのですが、勝手に学校を休んで免許センターに行って免許を取りました。おそらくクラスで最初に免許を取ったと思います。

免許が取れた事を親に報告すると、父が早速、オートバイを買ってくれました。

あっけなく自動二輪の免許が取れた事で、私は調子に乗りました。

これだったら四輪の免許もすぐに取れるなという感触を得た私は、まずは自動車を運転する練習をしようと思い、家にあったボンネット型軽トラックで練習する事にしました。

家のすぐ裏を流れている六角川の堤防で運転の練習をしました。

そして、これなら大丈夫だろうという感触を得られると、四輪免許を取りに行く事にしました。その際、普通なら自動車教習所に通って座学と実地を勉強して取りますけれど、私は学校に通う事なく、まっすぐ試験場に向かいました。

そこで教官の監督下、試験を受けて一発合格し、普通免許を取る事に成功しました。

――その晩、合格証書を親に見せました。

「お前、それ嘘やろう」

「学校に通わず、取れるわけがないやろ」

当然ですけれど、家族にそう言われました。

「いや間違いない。見れば分かるやろ！」

そう言って合格証書を家族に自慢しました。

免許が取れた事で親に車を買ってもらいました。ミニカＧＳＳ（三菱自動車）という軽自動車は珍しくフロントライトが四ツ目で、屋根の上にルーフアンテナが張り出し、メガホンマフラーの格好良い車でした。普通の軽が二〇万円くらいだった時に四五万円くらいしました。

そんなわけですから、私は二十数年前まで自動車教習所に通って免許を取る経験をした事がありませんでした。

自社ビルを建てた後、一〇階にあるレストラン「ブルーノートＴＯＹＯ」のお客様の送迎をするための大型バス二種の免許が必要になって、山口県に合宿免許に行きました。

――何でも人より早くやりたいという気持ちがあったのは確かなようです。

●どうしても農業はやりたくない

こうして、楽しい少年、青春時代を送っているかのように見える日々が続きました。

でも、将来の事を考えた時に、私の中でどうしても避けては通れない一つの障壁のようなものがありました。それは農家を継ぐという大きく立ちはだかる壁でした。

既に書きましたように、小さい頃から農業の手伝いをしていましたし、その事自体は苦ではありませんでしたし、嫌だと思った事はありません。

耕運機の運転も好きでしたけれど、一生の仕事として農業をやるとなると話は別です。

〝農業専従だと自分の好きな事ができなくなるな。将来はもっと別の事がしたい〟

そう思うようになりました。それでも、親からはこうも言われていました。

「お前が池田家を継ぐんだぞ」

池田家を継ぐという事は、農業をやれというのと同義です。

そんな親からの圧力に耐えきれなくなって、オートバイに乗って家出を決意したのが高校一年の冬の事でした。それが本書の冒頭に記した妹との別れのエピソードです。

もちろん、家出は親と喧嘩をして突発的に行動したような展開ではありません。あれこれ問題を一つずつ片づけて、用意周到に進めた結果でもあります。

まず、移動の手段としては——親から買ってもらったものですが——オートバイがあるから何とかなります。学費も奨学金をもらっていましたから問題ありません。

ただ、その間、寝る場所はどうするか？　食事はどうするか？　衣服の洗濯など着替えはどうするか?……と言った細々とした問題がありました。

そこで考えたのは、私が通っていた佐賀農業高校の農業土木科には四〇人の同級生がいますから、一軒ずつ泊まらせてもらえばいいじゃないかという事でした。

これで当初の一カ月はクリアできます。その後は繰り返しですけれど、そう何回も行けないからという事で思いついたのは生長の家の道場でした。道場なら夜は自由に使えますから、そこに寝泊まりする事にしたのです。

食事や風呂、洗濯は友人の家でお願いして、道場に寝泊まりする……これなら家出ができるという事で、二月になって実行に移しました。

ところが、家出して一カ月も経った頃でしょうか、予期せぬ事が起こりました。何と、親が学校に迎えにやってきたのです。

高校生くらいになれば数日程度家を空けるのはいいでしょう。

〝きっと、友達のところにでも泊まっているんだろう……〟

そんな感じかと思います。もちろん、その間もあちこち探したんでしょうけれど、行き先も分からず、既に一カ月近く経つのに帰ってこないというので心配したのです。

親が学校まで来た事には私も驚きましたけれど、まさか家出していたとは思いもよらない学校の先生の方がもっと驚いていました。

私の姿を見た母は涙を流していて、私もそろそろ家に帰る潮時かなと思いました。

●公務員試験にことごとく失敗

そんな佐賀農業高校で三年間学んで、再び将来の進路を決める時期が来ました。

前述しましたように、両親には申し訳ない気持ちですが、残念ながら高校三年間を終えても農業を継ごうという気持ちにはならず、就職しようと決意しました。

目指すは公務員で、武雄市、佐賀県など地方公務員、あるいは国家公務員と、受けられる公務員試験は全て受けましたけれど、ことごとく落ちてしまいました。学校の勉強で苦労した事もなく、どちらかと言えば優秀な部類に入っているに違いないと自負していましたから、この事態に困惑したのは事実です。

佐賀県の県庁職員の約半分は佐賀農業高校出身だそうです。ちょっと勉強ができる人間であれば、公務員試験に合格して佐賀県庁で働くのが既定ルートのようなものです。ですから先生も、試験前に「大丈夫だ」と太鼓判を押してくれていました。

今考えると、私は自動車学校以外の認定試験は苦手なようです。

公務員試験以外で言いますと、測量の仕事に必要な資格に「測量士」と「測量士補」の二つがあります。

たいてい測量士補は高校生の時に取りますけれど、四〇人中合格者は五人くらいです。

こちらも先生から「池田も大丈夫だ」と言われていたのですが、実はそれにも落ちています。その後の測量士試験でも私はかなり苦労しました……。

こうして公務員試験に落ちた私は進路で切羽詰まってしまいましたが、それでも農業はやりたくありませんでした。これからどうしようかと悩んでいると、ある時、立ち寄った学校の図書館に置いてあった新聞に、とある募集記事を見かけました。

〝新聞少年をやってみませんか?〟

……そんな宣伝文句が書かれていて、学費は全て援助するとの事でした。

これはいいかもしれないと思ってよく見ると、朝日新聞と読売新聞の二社が記事を出していました。我が家は父が朝日新聞をあまり好きではなく、晩酌のビールもアサヒ派ではなくキリン派だったので、朝日新聞は論外で読売新聞なら大丈夫だろうと考えました。

そこで、親に内緒で勝手に電話を掛けて、担当者と話をしたところ、武雄の販売店で面接をしましょうという流れになりました。

後日、販売店で担当者の方と話をすると、記事の通り、奨学金制度があるから学費は必要ないという事で、とりあえず小倉に行ってくれと言われました。試験も何もなく、即、「合格」と言われました。

それが読売九州理工専門学校（二〇〇三年に廃校）という読売新聞が作った土木系の専門学校です。そこで二年間勉強しました。

「何も子供に小遣い稼ぎまでさせんでいい！　食わせてやる」

父にはそんな風に言われましたけれど、私としては農業を継がないと言った以上、〝自分で生活する！〟……といった強い気持ちでした。

●新聞少年をやりながら学校へ

それまで田舎で一八年間暮らしていましたから、北九州の小倉は大都会に見えました。

ただし、新聞配達なんてやった事はないですから最初は大変でした。

毎朝必ず、四時前には起きないといけません。

そして、まずは新聞に折り込み広告を入れる仕事から始まります。

最近は折り込み広告も少なくなりましたけれど、その頃は折り込み広告がまだまだたくさん入っていましたからかなりの作業量でした。

それが終わるとようやく配達に出ます。自転車で約二〇〇軒配って回ります。くたくたになって配り終えるころには六時になっていて、帰ると朝食が用意されています。

食事が終わると学校に行って授業を受けます。授業が終われば、今度は夕刊の配達が待っています。

午後四時くらいから配り始めて、朝刊同様、約二時間かけて配ります。それで一日の仕事が終わりかと思いきや、そうはいきません。今度は集金業務と〝拡張業務〟、つまりセールスの仕事が待っています。

「読売新聞を購読しませんか？」

そう言って一軒一軒訪ねて回ります。訪問先の方が丁寧に相手をしてくれて、契約してくれればものすごく嬉しいですけれど、もちろん、そんな事ばかりではありません。

「取らないから帰れ！」

そんな風にきつく言われる事もしょっちゅうです。それでめげてしまうわけにはいきませんので、気持ちを入れ替えて次のお宅を回ります。その点で、私は生長の家時代の勧誘経験がありますから、少しのことではへこたれませんでした。

夜八時に寮に帰って夕食を取って、風呂に入って寝るのが一〇時頃です。

学校と新聞配達で一日終わるとへとへとで、同期の中にはやめていった人もいましたけれど、私は苦にはなりませんでした。若いというのもありましたし、そもそも自分で選んだ生活ですから、やめるという選択肢はなかったのです。


新聞配達業務において拡張業務のウエートは大きく、拡張カードを幾つもらえるかで生活費が支給されます。拡張カードというのは契約が取れるともらえるカードです。

特に、夏休みになると「チャレンジサマー」というキャンペーンが行われて、拡張カードがもらえた数で競い合います。夏休みの一カ月間にいちばん多く拡張カードを手に入れた人は賞品や賞金と楯をもらえるというシステムです。

その時は拡張の部で九州・山口を含めて三位に入賞し、楯と商品のズボンプレッサーをもらいました。

当時、販売店の寮に入ると食事は三食出て、学費と教材費も出してもらえました。プラス拡張カードで約二万円がもらえますが、私の場合は約二万円のうちの一万円は武雄の両親に仕送りをしていました。自分で勝手に決めた事とはいえ、申し訳ない気持ちも大きかったものですから……。

ところが、学校を終えた後で知りましたが、私が仕送りしていたお金は親が貯金していたのです。私に全額返してくれたのが、とても嬉しかったです。そのお金は、高校の学費を払うために借りていた日本育英奨学会の借金の返済に充てました。

●読売新聞奨学生時代への感謝

ここで、平成二〇（二〇〇八）年に開催された「第六回　読売育英奨学生ＯＢ会『きずな』総会」で配布された小冊子「きずな」に乗せた文章を転載しておきます。

三六年前、桜の花が咲く季節に佐賀の故郷を後にし、小倉の読売販売店で九州理工専門学校に通ったのは、思い出せばつい最近のような気がする。

農家の次男に生まれ、何不自由なく育てられ、高校を卒業すれば跡継ぎをしてくれと言われ、車も買ってもらったが、どうしても農業を継ぐ気になれず、両親の反対を押し切って家を出た。

ユースの小倉西部ＳＣでは大場所長の元で朝三時五〇分起床、朝刊配達が終わって八時より学校、夕方四時より夕刊配達、六時より集金、拡張業務、八時より楽しみな夕食がでる。規則正しい生活だった。理工専は土木工学科だったが、高校が土木科だったので、勉強には困らなかった。それより、小さい頃から田舎に育ったので目に見える全てのものが青春で何でも新鮮に見えて感動的だった。

その頃の給料はカード料などで約二万円くらいだったが、その内の一万円を実家の両親のもとへ仕送りをしていた。しかし、卒業の時、全額貯金してあって戻された。

その後、代配として戸畑東部ＳＣ、若松西部ＳＣへと異動した。
若松西部ＳＣでは、加藤所長に可愛がられチャレンジサマーでは拡張カードを応援してもらい、見事三位に入賞し、ズボンプレッサーの賞品と楯をもらった。

記念の楯は今でも大事に持っている。卒業時には海外セミナーで香港・マカオも行かしてもらう事ができ、人生の大きなバネになった。また、卒業記念にもらったオメガの腕時計は、今では時を刻む事なくタンスの中に眠っている。

当時の音楽は小柳ルミ子の「私の城下町」、天地真理の「恋する夏の日」、吉田拓郎の「結婚しようよ」等々、特に好きだったのが奥村チヨの「終着駅」だった。今でも時々テレビに出て来るが、この歌を聴くと読奨時代が思い出されて胸が熱くなる。

短い二年間だったけれど、新聞業務をし、勉強もした。また、忙しい中にも恋もした。しかし、その恋は実らなかった。

卒業と同時に商社丸紅の建設部門、新日本土木（後の丸紅建設）に就職し、東京、岡山、高松、阿波池田、今治と転勤し、二六歳の時に故郷・佐賀に帰り会社を設立しました。現在、会社も今年九月で三〇周年になり多角経営をしています。

公共事業を主体とした測量建築土木設計に加え、コンビニ部門ローソン、介護部門グループホーム、そして、一三年前に建てた自社ビルの一〇階には飲食部門レストラン、それに加え、新聞部門として佐賀と福岡に販売店を展開しています。

三六年前の奨学生時代があったから今の自分がある、読売新聞社に恩返しをするのは今だと思う。でも、私の夢はまだまだ続く。

振り返れば我が人生、三六年前進路を妥協していたら、今頃独りの農業経営者で終わっていたのかもしれない。

（文章編集済み）

●理工専卒業後、新日本土木に入社

読売九州理工専門学校を卒業したのは昭和四七（一九七二）年三月ですが、その際、とても嬉しい事がありました。

全国から集まった特待生数十名が香港・マカオ四日間の旅行に招待される事になり、私もその一人に選ばれたのです。旅費は当時にして二〇万円くらいだったと記憶していますが、全額を読売新聞社が出してくれました。

私にとって初の海外旅行だったのはもちろん、飛行機に乗るのも生まれて初めてです。非常にわくわくするようなイベントで、真面目に勉強していて良かったと思いました。

旅行の前には一度、実家に戻ってパスポートをもらいに行き、荷造りをしました。

その際、父親がこんな一言を言ったのを今も覚えています。

「病気はもらってくるなよ」

――私は一瞬、父は何を言っているんだろうと怪訝に思いました。

少しして、〝そうか、下半身の病気を言っているんだな〟と理解しました。

まあ、私も既に二〇歳を超えた大人でしたけれど、学校が招待してくれた旅行ですし、まさか外国の女性を相手にどうこうするなど、全く考えてもいません。ですから、父の言葉には驚きましたし、内容が内容ですから気まずくなったものです。

「そんな事しないよ」

そう答えましたけれど、後で父はどうしてあんな事を言ったのか考えてみました。

普段は無口な父ですから、息子の初めての海外旅行に、果たしてどんな言葉をかけてあげればいいのだろうか悩んだに違いありません……そして、その一言を口に出すまでにいろいろ考えた事でしょう。

そう考えると、その短い言葉に息子を心配する父ならではの優しさがこもっているに違いないと思い、微笑ましい気持ちになって心が温かくなりました。

まあ、結論としてはもちろん病気はもらいませんでしたし、それどころか夜の街で羽目を外すような事もなく無事に帰国しました。

さて、卒業を前に、先生の紹介で新日本土木の入社試験を受ける事になりました。電車に乗って新日本土木の広島支店まで行き、試験を受けて無事に入社が決まりました。

少し回り道でしたが、就職が決まって前途洋々たる道が開けました。

ただ、母は小倉で二年勉強したら帰って来るに違いないと思っていたようで、就職先が広島に決まったと電話で知らせた際、こう言っていました。

「こんな事だったら最初から大学にやらせれば良かった」

後で聞いた話では、岡山作業所に赴任した時に母は座敷で泣いたそうです。

新日本土木では、現場監督として瀬戸内周辺のさまざまな場所で働きました。

その間、高校生の時に落ちて以来、測量士補の試験を再び受けましたけれど、やはり不合格でした。その後、何回受けても不合格の連続です。

そうなってくると、年下の少年たちと一緒に受験するわけですから、今さら受けたくな

新日本土木岡山作業所時代、散水車の前で。昭和51（1976）年頃。

愛車のヤマハXS－1（排気量：650CC）。新日本土木広島支店岡山作業所時代。昭和52（1977）年頃。

いという気持ちがだんだん強くなってきました。

そこで今度は、一つ上の資格である測量士を受けましたが、それも不合格でした。何とか合格しないといけないと考えて、東京で測量士試験専門の講座を開いている会社を見付けて、わざわざ東京まで飛行機で行って受講しました。ところが、それでも受かりませんでした。

測量士補の合格率は約六割ですが、測量士は一割以下とかなりの狭き門です。ただし、土木系の四年制大学で実務を学べば、卒業と同時に無試験で測量士の資格が取れます。

結局、測量士補の資格を取らない事には測量士の資格も取れない事が分かって、再び頑張って測量士補の試験を受けて、どうにか合格する事ができました。

それまでに一〇回以上は受験したかもしれません。そして、測量士補の試験に合格した後で測量士の試験を受けたところ、ようやくこちらも合格しました。

ですから、正直な話をすると、後に東洋測量設計を二六歳で始めた時も、実はまだ測量士補の資格を持っていませんでした。もちろん、実作業は満足にできますから問題はないのですが、肝心の資格がないと事業登録ができません。

そこで、やむなく測量士を持っている人を採用して事業を興したというのが偽らざる内情なのです。

●父・私・子供と三代続く佐賀農業高校卒業生

ところで、私の父・徹男も佐賀農業高校出身なのは既に述べましたが、私の三人の子供たちもみんな佐賀農業高校農業土木科を卒業しています。

つまり、三代続けて佐賀農業高校出身なのです。

その後、長女・奈都子は熊本にある九州東海大学へ、長男・達則は第一工業大学鹿児島へ、次女は九州産業大学へ進学し、それぞれ通算七年間、土木を学びました。家族五人の中で一人だけ違うのが妻・章子で、武雄高校の出身です。

今、上の二人は東洋測量設計を手伝ってくれています。一番下の娘は測量の世界ではなく、大学卒業後は介護の資格を取って介護の会社に就職しましたけれど、今はコンビニエンスストアのローソン部門を見てくれています。

これは余談ですが、長女が入学した頃、佐賀農業高校は男性ばかりでした。

実際、長女は一クラス四〇人のうち、女性は二人でした。みんな同じ作業服を着て、男子生徒と一緒に実習をやるわけですし、学科では体育もやらないといけません。トイレはどうだったかは分かりませんが、女性用の更衣室などあるわけもありません。

入学する前、長女は「行きたくない」と言っていました。女性が珍しいという事で辛い経験をするのではないかと思いました。長女も悩んでいたようです。

「佐賀農業高校を出れば、将来は地元でどんな仕事でもできるんだぞ」

そう言い聞かせて、進学を渋る長女を何とか説得しようとしました。

私の在学中から数十年経って、ようやく女性が一人だけ入学したことがあります。地元で建設関係の会社を経営している方のお子さんで、父親が仕事のためにどうしても入れたいというので入学したのが初の女性でした。

それが、長女が入学する二、三年前の事で、私は何とか長女を説得しようとして、長女を連れて卒業された女性のお宅に伺いました。

〝女性でも大丈夫ですか？〟〝苦労した事はありましたか？〟

……など詳しく聞いて、学校生活のさまざまな局面で女性がどう対処すればいいかアド

バイスしてもらいました

彼女の話を聞いた長女は、ようやく入学を受け入れてくれました。入学してしまうと愚痴を言っていたような素振りは見ませんでした。いや、私が気付かなかっただけかもしれませんが、佐賀農生活を楽しんでくれた事と思います。

長女に続いて、長男と次女も佐賀農業高校で学んでくれました。

私が苦労した測量士の資格も、三人ともその後四年制大学で学びましたから、一般枠で受験する必要はなく、みんな測量士の資格を取る事ができました。

立て続けに三人の子供を大学に行かせるのは大変でしたけれど、学校の話になると親子四人の話が合いますし、同窓会にも四人揃って行くようになります。

親子で高校が同じというのは、今となってはとても楽しいものです。

●測量士の仕事とは？

ここで、ごく簡単に測量業務の仕事とはどういうものか紹介しておきます。

たとえば、近年、河川の氾濫による土手の崩壊が増えていますが、こうした崩壊した土手の災害復旧工事などを行う場合、まずは現在の地形を調査して、元の状態に戻すための測量業務をすることになります。

まず最初に「現況図」と言って、現在の土地の形を図面に表します。これは航空写真のような平面図で、通常、五〇〇分の一のスケールに縮小して作ります。ただし、平面図だけ作っても復旧計画は立てられませんから、次に「縦断図」を作ります。

縦断図はどうやって作るかといいますと、まず、当該区域に基本になる線をメッシュのように縦と横に組んでいって、交差する地点をそれぞれポイント№０、№１、№２、№３……と番号を振っていきます。その番号の箇所が測定点で、一測点間二〇メートルが標準で決まっていて、直線状に杭を打っていきます。

これがまず縦断図を作るための作業で、それが終わると、今度は横の方向に同様に№０、№１、№２、№３……と番号を打っていきます。これを「横断図」と言います。同時に、レベルという形で高さの表示をしていきます。

こういった流れで平面図、縦断図、横断図を作り、個々の標高をＧＨ（グランドハイ）という表記で、ＧＨ０メートル、ＧＨ５メートル……と一カ所ずつ表記します。

何十カ所、何百カ所の同じ作業の繰り返しで、正確である事が絶対条件ですから、非常に根気が必要な仕事なのです。

そうやってできた現況図を基に、崩壊した部分を元に戻すわけですが、計画するに当たっては流された分の土が足りませんから、断面図を基に必要な土量を計算して別の場所からトラックで運んできます。

ほかにも、運んできた土を整形する際に重機がどれだけ必要だとか、法面《のりめん》の整形はどれくらい必要かなど、さまざまな工程にかかる工事費を積算するわけです。

――こうして、復旧させるエリアの工事費は三〇〇〇万円かかりますと概算を出すのが測量会社の仕事です。役所はこのデータを基に建設会社に発注します。

この一連の流れがわれわれの測量設計会社の仕事です。

そして、実際の作業で座標を出すものと高さを出すものの二つの機器を、それぞれ「トランシット」と「レベル」と言います。

よく、下水道工事やガス管敷設工事など、街の中で二人一組になって、一人は三脚に乗ったカメラのようなものを覗いて、少し離れたところに立ったもう一人が棒状のものを持って立っているといった光景を目にした事があるでしょう。

それが測量業務で、二〇メートル離れたところに立った二人がそうやって高さを測っていくのです。実に地道な仕事です。

しかも、私が働き始めた頃は今のようにコンピューターが進歩していませんから、計算もみんな手作業でした。起業して四一年が経った今、ＧＰＳですぐに場所が判定できますし、その後の計算もコンピューターソフトがありますからかなり楽になりました。


当時は計算機もありませんでしたから、新日本土木時代は小さくてコンパクトな算盤を作業着のポケットに入れて、その場で計算していました。対数の計算式も対数表で拾いながらです。その後、タイプライターのような大型の計算機ができて、会社に戻って計算をしていました。ようやく電卓ができてきましたけれど、初期の頃は電源コードでつなぐような大型で、ちょうどスーパーのレジスターのようでした。

そんな時代を経験していますと、現代の測量業務は便利になったものだと思います。ハードもソフトも進化しましたけれど、一方で覚えなければいけない事も増えました。

……そうは言っても私自身は既に第一線を退きましたから、現場は従業員に任せて、今は社長業に専念しています。

第三章　測量の仕事に明け暮れた日々
——帰郷して結婚し、一男二女を得る

●仕事に明け暮れた日々

こうして、昭和四八（一九七三）年四月一日、私は新日本土木に入社しました。

その日、全国から集まったわれわれ数十人の新入社員は全国から東京本社に集合し、緊張した面持ちで入社式に臨みました。

そして、無事に入社式が終わると——配属先は広島支店の岡山県高崎作業所と決まっていたのですが——その前に待ち受けていた事があります。

それが、陸上自衛隊朝霞駐屯地への体験入隊です。自衛隊への体験入隊など今では考えられない事でしょうが、当時、高度経済成長下の日本の大企業の中には新人研修として自衛隊への体験入隊を実施していた会社が多かったと記憶しています。

自衛隊で、いわゆる〝二四時間戦える企業戦士〟を育成したかったのでしょう。

「君たちは今日から自衛隊に体験入隊する」

そう言われても特段の驚きはなく、却って身が引き締まる思いでした。

入社式を終えた我々新入社員は埼玉県朝霞市にある陸上自衛隊の駐屯地に向かい、そこで一週間過ごす事になりました。


朝霞駐屯地に着くと、私たちが過ごす事になるのは、古い学校の講堂のような、あるいは体育館のような板張りの場所でした。そこに簡易ベッドが並んで置かれ、全員がほぼ自衛隊員と同じような共同生活を行います。

そこでは我々も迷彩柄の隊員服を着て過ごします。


一日のスケジュールとしては体育のような授業があり、グラウンドを走ったり、あるいは軍隊らしく匍匐《ほふく》前進の訓練をしたりしました。

食事は隊員と一緒で、金属の皿に缶詰に入った食べ物を載せて、みんなで並んで座って黙々と食べました。風呂も一緒に入りました。

企業側にしてみれば、仕事を教える前に企業戦士になる精神力や体力、忍耐力を叩き込んで欲しいと言うわけでしょう。私には新聞奨学生時代の規則正しい生活の記憶が残っていましたので、辛くてやめたいというほどではありませんでしたが、なかなか厳しい〝訓練〟でしたけれど、基地の格納庫の中で戦車やヘリコプターを見る事もできましたし、なかなかできない経験ができて楽しかったのも事実です。

体験入隊が終わると、ようやく広島支店の岡山作業所に配属されました。

その後、岡山県、香川県、愛媛県など瀬戸内海周辺地域を舞台に、建設省（現・国土交通省）受注の土木工事の現場監督として社会人人生をスタートさせました。

当時は猛烈に仕事をしましたけれど、決して仕事ばかりしていたわけではありません。

会社の仲間とエレキバンドを作って演奏を楽しむ時間はありました。いや、ありました、と言うより積極的に作っていたものです。

最初はメンバーを集めるのが大変でしたけれど、リードギター、サイドギター、ドラム、テナーサックスのカルテットで、私はギターのほかにテナーサックスも演奏しました。楽器を演奏していると没頭してしまい、とても楽しい時間の連続でした。

●仕事の傍ら、バンド活動を楽しむ

音楽の話が出ましたので、ここで少し時計の針を戻しますと、私はもともと楽器が好きだったと書きましたけれど、中学生の時には吹奏楽部でブラスバンドをやっていました。

当時、演奏していた楽器はホルンでした。

ホルンは人気がある楽器ではありませんから、〝なぜ、ホルン？〟と思われるかもしれません。答えは簡単で、ブラスバンドの中でホルンの枠しかなかったのです。

そもそも中学に入学した当初はサッカー部に入っていました。しかし、サッカー部も第二希望で、第一希望はバスケットボール部でした。

なぜなら、背が伸びて欲しかったからです。バスケットボールをやっているのはみんな背が高い人ばかりで、当時からバスケットボールをやれば背が伸びるという言い伝えのようなものがあって、背が低い生徒からもバスケットボールは大人気でした。

既に書きましたように、小学生の頃は背が高い方だった私も、中学に入る頃にはみんなに追い抜かれていました。

〝背が高くなりますように……〟

そんな願いを込めてバスケットボール部を希望しました。しかし、バスケ部の希望者は教室に入りきれないほど多かったんです。

〝これはだめだ！〟〝こんなに希望者がいたら入れるわけがない〟

泣く泣くバスケットボール部は諦めました。そして、第二希望だったサッカー部に入って、毎日、サッカーの練習を一生懸命やっていました。

――入部して約一カ月、サッカーの練習に明け暮れていた頃の事です。

校舎の中からブラスバンドの演奏が聞こえてきたのです。私にはそれが何とも言えない素晴らしいメロディーに聞こえました。

私は居ても立ってもいられなくなり、ブラスバンドの練習風景を見たくなりました。

それから数日後のサッカーの練習が終わった後、私は一人で吹奏楽部が練習している部屋に行きました。

ドアを開けて吹奏楽部の演奏風景を間近で見た、いや聞いた途端、私は魅了されました。

〝俺がやりたいのは音楽だったんだ！〟

——私はすぐにサッカー部に退部届を出して、吹奏楽部に入部しました。

さて、吹奏楽部でどんな楽器を演奏するかですが、私はラッパが好きだったので、トランペットを演奏したいと思いました。

トランペットを演奏する姿って、やっぱり格好いいですからね。

しかし、出遅れがたたって、残念な事に憧れのトランペットを担当する生徒は既に決まっていました。

「池田、空いているのはホルンだけだ」

顧問の先生にそう言われて、私は仕方なくホルンをやらせてもらいました。

それでも、楽器で音を出すのはとても楽しいもので、私はますます音楽が好きになりました。また、音楽の先生もよく私に声を掛けてくれました。

先生の期待に応えようとして音楽の授業も頑張りました。音楽の中間試験と期末試験は三年間全部一〇〇点でしたし、通知表も音楽はオール5だったのはささやかな自慢です。

——そういうわけで、その後も私はずっと音楽に興味を持っていました。

当然、配属先の岡山作業所でもバンドをやりたくなりました。地元の夏祭りで演奏できると聞いた私は、そこでバンドを披露したいと思ったのです。

そこで、楽器は自分で買って、同じ作業場にいる音楽好きの仲間を誘ってバンドを組む事にしたのです。楽器経験のない人間には私が教えました。

岡山作業所の後は坂出作業所に転勤になりました。そこには坂出軽音楽倶楽部（SKG）があって、二十数人でビッグバンドを組んでいました。私もそこに加入して、テナーサックスを買って演奏するようになりました。

仕事が終わると夜は練習があって、日曜日はホテルなどを回って演奏するのです。

人気歌手の三原綱木とニューブリードのような編成で上条恒彦さんが四国に来た時、バックバンドで演奏した事もあります。もしかしたら、仕事よりバンド活動の方に夢中だったかもしれません。

●帰郷して地元の測量会社に就職

「いい加減、武雄に帰って来い！」

新日本土木で働いて数年もすると、両親が電話でそう言ってくるようになりました。父も七〇歳と高齢になってきたので、そろそろ地元に戻るか……そう思うようになりました。当時、実家の田んぼは姉妹二人に半分ずつ貸していて、それぞれの夫が農業を継いでいました。そのため、私は農業はやらなくて良くなったのです。たった一人の息子に近くにいて欲しいという親心だったのでしょう。私もそれまで親孝行らしい事はしていませんでしたから、実家に戻って顔を見せてやるのがせめても親孝行なのかなと思ったものです。

余談ですが、その後、父が死んだ時に私が農地は全て相続し、小作に出しています。

——そして、昭和五二（一九七七）年六月に新日本土木を退職し、読売九州理工専門学校に入学するため小倉に出て以来、ほぼ六年ぶりに故郷・武雄に戻りました。翌七月から地元にある「三興測量設計」という測量会社で働き始めました。

三興測量設計に入社する前、沖縄や与論島に半月ほど旅行に行った事があります。事前にホテルを予約する事もなく、折り畳みの自転車をかついで博多から船に乗って、現地ではテントを張って野宿するつもりでした。別にお金がないわけでなくて、若かったから束縛されない気ままな旅行がしたかったのです。

ところが、船の中で東京から来た一歳年上の男性と出会って意気投合し、まずは与論島を回っていると、今度はやはり東京から来たカメラマンと出会いました。年が近いという事もあって仲良くなり、どちらが予約していたのかは忘れましたけれど、一緒に民宿に泊まる事になりました。

結局、持参したテントを張りもせず、民宿で楽しい時間を過ごしました。

初めての沖縄でしたけれど、七月の沖縄の日差しは容赦なく注ぎ、半袖でいたらあっという間に日焼けで水ぶくれになってしまったのを覚えています。

さて、故郷で働き始めたものの、実際は親に顔を見せる機会もあまりありませんでした。なぜなら、三興測量設計では家にも帰らず仕事ばかりしていたからです。

会社で寝泊まりする事もしょっちゅうでした。事務所にはシャワー設備もありましたから、着替えを持ち込んで一週間くらいずっと泊まり込みです。

丸一日、外で測量仕事をして、会社に帰ると机で図面仕事をして、その後は社長の奥さんが作ってくれた晩飯を食べてまた仕事をして、シャワーを浴びて仮眠を取って、朝になるとまた測量仕事に出る……その繰り返しでした。

完全に働き過ぎですし、今思えば〝ブラック企業〟のようなものだったかもしれませんが、当時は若かったですからそれを疑問に思うはずもありません。それが日本の会社の常識とばかりに、まさに企業戦士として戦っていました。

ただし、これで給料が安かったら本物のブラック企業ですが、二〇代の平均給料が約一万七〇〇〇円だった当時、月に五万円と三倍近い給料をもらっていました。

高度経済成長期ですから、佐賀にも次から次へとインフラ整備の仕事が入って来たのです。ただし、給料をたくさんもらっていたといっても、仕事ばかりで遊ぶ時間などはなく、お金を使う機会がないというのが現実でした。

●独立と前後して結婚し、親になる

その頃、三興測量設計での私の肩書は係長でしたけれど、一通りの仕事を自分が第一線でしていて、全体の流れや仕事の中身もほとんど分かってきました。

〝これなら全部一人でできるかもしれないな〟

――そう思えるようになってきたのは、武雄に戻って二年くらいした頃でしょうか。

私の脳裏に〝独立〟という言葉がちらつき始めました。

ここで、独立を巡る話をする前に少しだけプライベートを話しておきたいと思います。

私が将来の妻・章子と出会ったのは、独立する半年前の事でした――。

ちなみに昭和五四（一九七九）、五五（一九八〇）年は心に残る出来事が多く、私の人生の中で大きな区切りともなった二年間であります。

三興測量設計に勤務していた昭和五三（一九七八）年の事ですが、生長の家時代の仲間だった一つ上の先輩が結婚式を挙げました。

地元の料亭で披露宴が行われる事になり、その時、私のちょうど向かいの席に髪を茶色く染めた女性が座っていました。それが章子（旧姓・小島）でした。

章子は下を向いている事が多く、じっとしていておしとやかに見えました。乾杯する時は私にビールを注いでくれました。

その時、私は口髭をはやしていて、親には「剃れ！」と言われていたのですが、はやしたままでした。一方で章子は茶髪でしたけれど、今と違って、当時は髪の毛を染める女性は少なかったですから、ちょっと洒落ているなと思ったものです。

〝お、この子いいな！　綺麗だな、今度会いたいな〟

そう思って、声を掛けました。

その頃は携帯電話なんてありません。自宅の電話番号を聞いて、しばらくして電話をしました。こっちも髭をはやして変わっているから覚えていたようです。

デートしてみて、お互いに好意を持っている事が分かると付き合い始めました。

彼女の実家は鮮魚店で、父親を早くに亡くして母親が女手一つで彼女を育て上げました。

当時、章子はＮＴＴの交換手をしていました。会いたい時は家に電話するよりも、職場の外で待っていれば必ず出てくるのが分かっていましたから、そこで待ち伏せしていました。少し立ち話をして、次のデートの約束をしたものです。

そんな付き合いを続けてしばらくした頃、私は決心しました。

「今度、会社を始めるから一緒にやってくれないか?」

そう話しましたが、私にとってはプロポーズのようなものだったかもしれません。

「二五歳過ぎたら格好悪いもんね」

彼女にそう言われて……その時、二四歳でしたから、急いで結婚しないといけないなと思って、さっそく結婚を決めました。

ただ、私の実家が農家ですから、彼女にはその点で一抹の不安はあったようです。

もちろん、章子は農作業をした事がありません。

「農業をするなら結婚させられない」

彼女の母親にはそうきつく言われました。

「畑仕事はやらなくていいし、近いうちに今の家を出るから」

私は何度もそう言って、章子と母親を説得しました。

●新婚旅行先はカナダから沖縄へ変更

この間の昭和五四（一九七九）年九月六日に私は起業し、その半年後の翌五五年一月一

結婚式にて、妻・章子と。

結婚式の余興で新郎自ら演奏。

六日に章子と結婚式を挙げる事になりました。

披露宴の会場は武雄市農協会館蓬莱殿で、約四〇〇人もの招待客を呼んで盛大に披露宴を行いました。

この時、披露宴の余興として新郎自ら仲間と一緒にバンド演奏をしました。

大好きな吉田拓郎の曲「落陽」などを続けざまに演奏し、私はある曲はギター、ある曲はサックスとノリノリで演奏しました。あの時ほど楽しかった演奏はありません。

新婚旅行の行き先は、新日本土木にいた時の先輩がカナダに行って良かったと言っていたのが記憶に残っていたものですから、自分もカナダに行きたいと思っていました。

「新婚旅行は絶対、カナダに連れて行ってやる」

結婚する前、章子にはそう約束していました。

ところが、その頃は起業したばかりで、ちょうどお金がなかった時期です。

それでもカナダに行けないものかと思い、旅行代理店に行ってみましたが、やはりカナダに行くにはお金が足りませんでした。

やむなく、三泊四日の沖縄・与論島旅行に変えました。妻は文句も言わず了承してくれ

新婚旅行で訪れた沖縄にて。

ました。数年前の旅行と同じでしたけれど、与論島で泡盛を大きなどんぶりで飲んだものです。その時撮った写真を見ると、二人ともとても楽しそうな表情をしています。

――ですが、その後、妻は何かある度に愚痴を言ってきます。

「私、カナダに行ってないんですけど」と。

お酒の話が出たついでに書きますと、父も相当な酒飲みでしたけれど、私もかなりの酒飲みです。現場に行くと、そこの作業員たちと、丸ストーブであぶったメザシをつまみに冷や酒をごくごく飲むというのが毎日の日課のようなものでした。

一方、結婚した当時の章子は酒を全然飲

みませんでした。それが、付き合いで少しずつ飲むようになって、今では完全に彼女の方が酒に強くなりました。

その後、長男と次女は家を出て、池田家は妻と長女の三人暮らしです。

池田家の習慣で他の家と少し変わっているなと思うのは、食事です。朝食と昼食は普通にご飯を食べますけれど、夜はご飯を炊きません。

なぜなら、晩御飯はビールとつまみだけだからです。

私が飲むのは三五〇ミリリットル缶二本程度ですが、娘も酒が好きなものですから、妻と娘で毎日八本くらい飲んでいますし、調子がいい時は一〇本飲む時もあります。ですから二四本入りの箱が二日で終わってしまいます。

人間というものは変われば変わるものだなと思います。

これも余談ですけれど、結婚する時、妻は「爪の先まであなたの女よ」と言っていました。それから三〇余年、最近は少し冷たいような気がしています。

●一男二女の父親となる

長女の奈都子が生まれたのはその年の八月一四日です。

〝結婚から半年後に出産？　計算が合わないぞ⁉〟

そう思われるかもしれませんが、その辺の経緯はお察しください。

奈都子が生まれた時の事は今もはっきりと覚えています。

新日本土木の岡山作業所時代にビッグバンドで一緒にやっていた友人が、ちょうど武雄に遊びに来ていたからです。本当は妻の付き添いで病院にいたかったのですが、古い友人がわざわざ訪ねてきてくれるというのですから仕方ありません。

二人で嬉野温泉に遊びに行って、ホテルに泊まっていました。そろそろ生まれるかなと思っていると、夜中に電話がありました。

翌朝、病院に行き、まずは妻の手を優しく握りました。

「よく頑張ったね」

そう言って、本当は妻にキスをしたかったのですが、義理の母がいた手前もあってやめました。その後に、生まれたての娘にキスをしましたけれど、とても柔らかくてすごくいい匂いがして、本当に嬉しかったです。

その時、自分は父親になったんだという実感を持ちました。

母子ともに無事に退院して自宅に戻ってきた後は、毎日、仕事が終わるとカランコロン回るおもちゃみたいなのがぶら下がっているベビーベッドのところに真っ先に行ったものです。そして、娘の顔を見て、チュッとキスをするのが日課になりました。

結婚式があって、翌月三月三〇日には私を可愛がってくれた祖母・キセが他界し、八月には長女が誕生と、この年は本当に記憶に残る一年でありました。

――そんな娘の名前ですが、当時、五木寛之の小説『四季・奈津子』が話題を呼んでいて、ドラマも見ていました。世良公則の「燃えろいい女」という大ヒット曲にも夏子という名前が出てきました。

ちょうど八月生まれですので、〝ナツ（夏）〟が付く名前がいいと思いました。

最初は小説通りの〝奈津子〟にしたいと思っていたのですが、日頃からお世話になっている神社の宮司さんに相談したところ、画数が良くないという返事でした。ですが、〝津〟

を〝都〟に変えれば問題ないと言われて、奈都子に決めました。

長男の達則が生まれたのは翌年の事ですが、ちょうど読売ジャイアンツの〝若大将〟こと原辰徳が活躍していました。

そこで、息子も同じ辰徳にしようと思いましたが、今度は〝辰〟の字だと画数が良くないという事で〝達則〟にしたという経緯があります。

長女・奈都子（右端）の七五三で。長男・達則（中央）、次女・沙弥香（左端）と。

その三年後に次女が生まれました。今度はお洒落な名前がいいなと思って、沙弥香と付ける事にしたのです。

そのような中で、妻の章子には苦労を掛けました。

ある時など、仕事の受注でどうしても翌日に完成させなければならない仕事が舞い込んできて、夜中に山の中を測量する事になりました。夜の一〇時頃から測量機械の光波測距儀（距離を測る機械）で測量をしたのですが、幼い子供を背中におぶった妻に仕事をさせたことを今も気の毒に思っています。

このような苦労があったから、今日まで東洋測量設計が続いているのだと思います。これまで私を支えてくれた妻は世界の七〇億人の中でたったのひとりのパートナーでいちばんの恩人ですから心より感謝しています。

パートナーとうまくいけば運がよくなり、人間的な安定感が増し、チャンスを引きつけやすくなります。

――さて、子供たちが大きくなるに連れて、将来の進路が気になって来るものです。

きっと、私の父も同じだった事でしょう。子供を持った事で少しだけ親の気持ちが分かりました。

私が会社員でしたら案外自由に選ばせていたと思いますが、会社を自営している以上、無関心というわけにもいきません。ただ、私としては高校に進む時以外、子供たちの進路に関して「後を継いでくれ」と言ったことはありません。

ただ、息子の場合、自分でそうは思っていなくても、長男ですから周囲から〝将来は会社を継ぐんだろう〟と思われていたかもしれません。

彼が大学を卒業する頃はちょうど就職難でした。

派遣会社を通じて紹介された東京の土木会社で働き始めましたけれど、八年もすると武雄に戻って来てくれました。

一方、長女は九州東海大学で学んで、その後四年間、大学院に行ったらどうかと勧めたことがあります。しかし、卒業して武雄に帰ってきて、県の農林事務所で臨時職員として働き始めました。ただ、普通の事務員でしたから、あまり面白くない仕事だったようです。

その後、長女が言いだしたのですけれど、役所の仕事より会社の仕事の方が面白そうだという事で東洋測量設計に入ってくれました。

次女は大学卒業後、介護の施設で二年間くらい働いて、実務を経験して介護福祉士の資格を取りました。その頃には東洋測量設計が介護事業にも進出していたものですから、うちで働いてくれればいいなと思っていました。

けれど、もともと中学・高校とローソンのレジをしていたので、ローソンで働きたいという事で、今はローソンのフランチャイズ業務を統括してくれています。

――今考えると、子供たち三人がこんなに会社を助けてくれるというか、まさか一緒に仕事をしてくれるとは思いませんでした。

こういう形なら三人では少ないくらいで、倍くらいいてもいいなと思います。

第二部　東洋測量設計の起業から方位学まで

第四章　一台の中古車を元手に測量会社を起業

——社員のためにコンビニ事業を手掛ける

●池田家に起業した人間はいない！

先ほどお話ししましたように、三興測量設計時代に仕事の全体的な流れや取引先との商習慣はほとんど理解できましたから、独立しても差し支えないとは思っていました。

そこで、まずは両親に相談したところ、猛反対されてしまいました。

「池田家で事業を興した人はいないんだぞ！　うまくいくはずがない！」

——それが父の主張でした。池田家の一族はみんな代々農業をやっていて、事業を始めた人は誰もいない、だから、成功するはずがないという理屈です。

しかし、やってみなければ分かりませんし、高校時代に家出したように、私が一度言い出したら聞かないという事は父も知っています。私が断固、独立すると宣言したら、それ以上、反対しませんでした。

一方で、その頃、福岡で働いていた兄の保洋は、後にこう言ってくれました。

「繁はすごいな！」

農業を継がずに事業を興した事を賛成してくれていたのでしょう。

独立するには事務所と従業員が必要です。事務所は自宅の二階を使用しました。測量の仕事はチームを組んでやりますから最低三人は必要です。

という事は私以外に二人必要ですが、私は独立以前に三興測量設計の同僚を引き抜くとか、そういった考えは全くありませんでした。社長とその奥様にはとてもお世話になりましたし、裏切って社員を引き抜こうものなら、狭い地方都市で噂になって、〝池田には仕事を回すな〟なんて事にもなりかねません。

そこはしっかり仁義を切って、辞めてから人を雇おうと思っていました。

一方で、三興測量設計の社長にとっても、高い給料を払わなくていいし、仕事も下請けに出せるという事で楽になったかもしれません。その点でもウィンウィンだったようで、私の独立後は仕事を回してくれました。

「独立しますけれど、今後ともよろしくお願いします」

社長や同僚に挨拶して、私は約二年間お世話になった三興測量設計を退職しました。

――そして、昭和五四（一九七九）年九月六日に会社を興しました。

事務所は実家の二階にある一〇畳二間で、その内の一部屋に板の間があったものですから、そこに机をおいて新会社をスタートさせました。

会社の形は有限会社にしましたけれど、まずは登記をしないといけません。

新たに会社を登記するに当たっては、社名を何とするかで悩みました。

深く考えなければ「池田測量」になるかと思いますけれど、個人の名前を付けた会社名では、〝池田さんがやっている個人営業の会社〟というイメージに縛られてしまいます。

〝もう少しスケールの大きい名前はないだろうか？〟

――そう思っていろいろ考えました。

武雄測量とか、佐賀測量とか、九州測量とか、日本測量とか……それでも物足りないと考えて、ボクシングのチャンピオンではありませんけれど、「東洋」が格好良いなと思いました。日本チャンピオンがいて、東洋チャンピオンがいて、その上は世界です。

社名に世界はおかしいですから、最上級は東洋ですし、アルファベットで「ＴＯＹＯ」という並びもいい感じに思えました。「東洋測量設計」という名前の会社は他の県にもありますが、市町村が違っていれば同じ名前でも商法上、問題はありません。

そこで「有限会社　東洋測量設計事務所」という社名に決めました。

〝スケールの大きな名前を付けたもんだな〟

友人・知人には、そう言ってからかわれたものです。

なお、登記の実務に関しては、三興測量設計の社長から司法書士への依頼の仕方など一通りの事を教えてもらいました。お陰でトラブルもなく起業できましたし、そのあたりも三興測量設計を円満退社しておいて良かったと思いました。

社名が決まったら次は会社のロゴマークですが、地元の看板会社に頼みました。

ローマ字は少し斜体の方が格好良いという事で、全体的なイメージは測量で使う求心器（振り子）を基にしました。赤は「情熱」、青は「明るい社会」を表しています。

――こうしてだんだんと会社としての体裁ができていったわけですが、測量会社の起業には必要な機材がいくつかあります。

それが前述したように「トランシット」と呼ばれるポイントの位置を出す機械と、「レベル」と呼ばれる高さを測る機材の二つです。それと、もちろん計算のためにパソコンが必要です。逆に言えば、それさえあれば起業できますから、意外と簡単なものです。

しかし、新婚旅行でカナダに行けなかったほどですから、お金があるかないかで言えば、はっきり言ってありませんでした。

「会社を始めるなら協力しますから、代金は出世払いでいいですよ」

困っていた時、三興測量設計の時に取引をしていた機械屋さんにそう言われて、トランシットとレベル、当時はパソコンもまだまだ大きかったですけれど準備して、それにサーマルプリンターと言って、銀色の幅広のテープに印字するプリンターなど一式を後払いで購入して仕事を始めました。

残る二人の従業員はハローワークで募集する事にしました。そして、応募して来た若者を私が面接して決めました。一人は高卒の一八歳で、もう一人は一六歳の少年です。

二人とも測量に関しては全くの素人でしたが、一から私が教えました。

先ほど機材はそんなに必要ないと書きましたが、測量現場に行くには車でトランシットやレベルを運ばないといけません。起業した頃、私は新日本土木の退職金八〇万円で買った白いレザートップのセドリック2ドアハードトップに乗っていました。

この車は私の大のお気に入りだったのですが、セドリックでは機材を積めませんから、測量の仕事には使えません。そこで中古自動車店に行って、泣く泣くセドリックを引き取ってもらうことにしました。

幸いセドリックは購入した時から価値が変わらず、同じ八〇万円で売れましたので、四〇万円の普通車コロナとカローラのライトバンの二台を買う事ができたのです。

そのライトバンに測量機器を載せて、日々、現場に向かったものです。

●最初の給料が払えない⁉

当時も今も、東洋測量設計の仕事の多くが公共事業ですが、起業した当初は三興測量設計の下請けの仕事がほとんどでした。

佐賀県に土地改良事業団体連合会という外郭団体があって、三興測量設計などが仕事を請け負っていましたが、そこから孫請けで仕事の依頼を受けていました。孫請けでしたが、納める相手は元請けの官公庁ですから、仕事の詳細は変わりありません。

また、通常、お金の話は一切出ません。現在は入札で、落札して初めて仕事が決まりますけれど、当時は信頼関係がベースにあって、仕事の途中で〝今回はこれくらい（の額）でよろしく〟とか、当初の予定より仕事量が増えた場合など、〝少し上乗せしとくよ〟といったような大ざっぱな感じでした。

ですから、受注額は仕事が終わる頃にようやく判明します。それでも会社は回していけるので、金額に不満はありませんでした。

仕事があるだけでありがたいという感じでしたし、市役所の方とも直接打ち合わせ協議をしますので、将来のためにもそこでパイプができた事に感謝しました。

その際、重要になってくるのが佐賀農業高校のコネクションです。なぜなら、担当者がOB同士という仕事がかなりの割合であるのが事実だからです。

そうやって日々生活するのに十分な仕事をいただけていたので、もっぱら仕事に没頭していましたが、起業して一カ月が経とうとしたとき、ハッとしました。

〝いかん！　このままでは給料が払えないぞ！〟

給料日の一〇日を前に、私は大いに焦りました。

今までは給料をもらう立場で、払う立場になった事はありませんでしたから、すっかり忘れていました。仕事の支払いは早くて翌月ですし、会社の金庫にお金はありません。

銀行に借りに行っても、できたばかりの会社に貸してくれるはずがありません。

〝いったいどうすれば払えるだろう？〟

〝消費者金融にでも行くか？〟

――そんな考えが頭の中で堂々巡りしていました。

最後の最後、手立てが尽きた私は父に泣きつきました。父には猛反対された経緯もあって、設立時にお金の話は一切していませんでした。しかし、やむをえません。

「苦労して会社を始めたけれど、給料が払えません。どうか助けてください」

私は父に頭を下げました。

すると父は、少し間をおいてこう言いました。

「いくらいるんだ？」

「五〇万円です」

そう答えると、父はそれ以上何も言わずに五〇万円を貸してくれました。

父の優しさには本当に感謝してもしきれません。あの時、父がお金を貸してくれなかったら東洋測量設計の今はなかったかもしれません。

父に借りた五〇万円で二人の社員に給料を払う事ができて、何とか最初の難関を乗り切る事ができたのです。その翌月からはちゃんと報酬が入って来たので、もうお金の心配をする必要はなくなりました。

こうして東洋測量設計の最初の一年が過ぎ、第一期の決算では売り上げが半期で約三〇

○○万円だったと記憶しています。

それが今では七億円弱と、実に二〇倍にもなりました。もっと言えば、セドリックの売却額八〇万円が七億円ですから、いったい何倍になった事でしょう。

そうは言っても、今は今で借金をしてはいます。しかし、それは事業遂行のためで、しっかり返して信用を作って、また、お金を借りて事業を伸ばすという繰り返しなのです。

もちろん、測量部門も順調に売り上げを伸ばしています。

創業以降、立ち退き補償関係で建築設計業務も手掛けていますし、設計するためには地質の調査、ボーリング関係も必要になって来ますから業務を増やしてきました。その結果、売り上げに比例して、少しずつ従業員も部署も増えていったのです。

●やくざの親分との交渉

東洋測量設計は自宅の二階でスタートしましたが、その後は実家の隣に、新築ですが一七坪の事務所を建てて移転しました。小さくても一国一城の主ですから、小さいながらもようやく本当に独立したような気がしたものです。

ところが、ある日、大変な事が起きました。

私の実家の周辺は大雨でよく浸水する事があるのですが、昭和五五（一九八〇）年の八月に大雨が降って武雄川が増水し、何と床上浸水になってしまったのです。

――その日の八時頃、雨がひどくて心配に思って母屋から事務所に行ってみると、驚くような惨状になっていました。

何と測量図面がプカプカ水に浮かんでいたのです。普段は細長くて丸い容器に丸めた図面を入れておくのですが、大雨で床上まで水が来たものですから、それが全部、外に出てしまい、びしょ濡れになっていました。

呆然とするしかありませんでした。乾かして使えるはずもなく、一切合切がパーになった事に大きなショックを受けました。

この場所じゃだめだと考えて、泣く泣く移転を決めました。

それでも私は、今までの人生で悪い事が起こっても一つも無駄はなかったと確信しています。全てはステップアップのための修行なのですから。

昭和五六（一九八一）年八月、武雄消防署横にプレハブの事務所兼住宅を建てて移転しました。そして、昭和五八（一九八三）年六月、後にローソンを開業する武雄競輪場より少し駅寄りの角地（武雄市武雄町五〇六六－三）に引っ越しました。

その直後、資本金を三〇〇万円に増資します。われわれ測量の仕事は官公庁に指名願いを出さないといけませんが、相手が指名先を選択する上で資本金の額は大きなポイントになりますから、少しでも増資した方がいいという事で増やしました。

そして、現在の場所（武雄市武雄町大字武雄五〇一四－一）に移転します。

自社ビルを新築する前、この場所には「武雄設備工業」という会社の二階建てビルがありました。洒落た感じの格好いい茶色の建物で、憧れの建物でもありました。

ところが、武雄設備工業が倒産した後、ビルに暴力団の親分が居座り始めました。

周囲の住民たちは不安に思っていましたけれど、私自身は不安に思うより、そのビルが欲しいものだなあと考えていました。

問題は相手がやくざだということですが、新日本土木時代に瀬戸内海周辺で働いていた

会社を興して4年後の昭和58（1983）年、社屋を持つ。

新社屋の場所に建っていた2階建てビル。やくざの親分が入居していた。

時、暴力団関係の人間が下請けで働いている事も多く、少なからずやくざとは接点がありました。しかも、仕事の後に一緒に風呂に入ったり、飯を食いに行ったり、私は年のいったやくざにかわいがられていました。

そんな関係でしたから、やくざといっても普通に接している分には特にも怖いわけではない、背中に入れ墨が入っていても普段はおだやかな人間だという認識がありました。

ですから、もしも暴力団を追い出す事ができれば、この建物が手に入るのではないかと考えたのです。そこで近隣の人とも相談した上で、まずは挨拶に行きました。

実際に会ってみると、部屋はまさにやくざ映画の組事務所そのものでした。親分の大きな机の上にはこれ見よがしに破門状が置いてありました。

「住民たちも困っています。申し訳ありませんが、この建物を譲ってもらえませんか？」

私がそう訴えると、親分は私の目をしばらくじっと見ていました。まるで私がどんな人間か見定めてみるかのようでした。そして、こう言いました。

「出ていくのはかまわないが、だったら立退料は出せるのか？」

「いくらなら出て行ってくれますか？」

すると、親分は少し考えて金額を言いました。

それが想定内の金額だったので、「それなら出せます」と答えると、交渉はあっさり合意に至りました。あっさりしすぎて拍子抜けしたくらいです。

後日、私がお金を渡しに行くと、親分は土地と建物の権利証を渡してくれました。そして数日後、親分一味は建物から出ていきました。

地元の人は、やっとこれで奇麗な町になったと喜んでくれました。

そして、わが東洋測量設計もプレハブではない本社を持つ事が出来たのです。

そこでしばらく仕事をしていると、今度は武雄市の道路拡張工事が計画されました。

武雄温泉駅から競輪場に行くメーンストリートだからという理由で、二メートル拡幅する事が決まったのです。道路を拡幅する際、私が所有する土地の駐車場と建物の角が建設計画に引っかかってしまうという事が判明しました。

その際、土地が減る分と建物の改築費用という名目で、暴力団に払った立退料の数十倍の補償金が入る事になりました。これには驚きましたけれど、そこで、計画したのが現在の「東洋リーセントビル」なのです。

●仕事は社員に任せなさい！

その間、平成三（一九九一）年一〇月には資本金を一〇〇〇万円に増資し、「株式会社東洋測量設計」としました——。

かつて自分一人で会社を興した頃は、当然、測量設計部門だけでした。

私の性分としては、他人に仕事を任せる事ができなくて、最初から最後まで計算チェックなど何から何まで全部一人やりますし、目を通さないと気が済まない性格です。

このやり方は、仕事を一件持とうが、並行して一〇件持とうが変わりません。

そんなある日、県の外郭団体で働いている佐賀農業高校の先輩にこう聞かれました。

「池田さん、あなたは成果品をたくさん収めているけど、あれだけの仕事の量、誰がこなしているの？」

成果品というのは納入データのようなものです。私は即座に答えました。

「私が全部最終的なチェックまでしています」

すると、先輩は驚いた顔をしました。

「え！　これだけの仕事、一人だけじゃできないでしょう」

「できますよ。夜も寝ないでやっています」

別に自慢するわけでもなく当然のようにそう答えましたが、それを聞いた先輩はこうおっしゃいました。

「私はこれまでいろんな会社を見てきました。きちんと責任をもって成果品を作ってくれるのはありがたい事ですけど、あなたの会社を思えば、今のようなやり方では会社として伸びないですよ……役員は誰なの？」

「みんな身内です……」

先輩はあきれたような顔をしてこう言いました。

「それじゃ会社は大きくならんですよ。ある程度、分野を分けて人に任せて、右腕になる人物を作りなさい」

――そう言われて、私は考えました。

〝そうか、まずは私の右腕になる人物を捜そう！〟

今まで全部、何から何までやってきましたから、他の人間に任せるのは容易ではありませんでした。これはもう性分のようなものですから、意識改革は大変です、しかし、会社のためを思っての先輩の言葉は全くの正論です。

〝そうだな、大きい会社はみんなそうしているな〟

そう思って、仕事を分担しようとしました。

同時に、右腕になるような仕事ができる人間が必要だと思いました。

そこで、やはり佐賀農業高校の先輩で、武雄河川事務所の係長に誰かいい人材がいないか聞いてみたところ、早速、紹介してくれました。

それが佐賀農業高校の後輩で、一五歳ほど年下の朝長《ともなが》日出夫です。実際に会ってみるとしっかりした人物で、東洋測量設計で働いてくれる事になりました。

彼は私の右腕にふさわしい仕事ぶりを見せてくれて、今も立派に働いてくれています。

また、この時の一件のように、今思い返しますと、人生の折々で私を導いてくれる人がいたような気がします。そうした方々のアドバイスを実践する事で運命が良い方向に転がって来ました。

それにしても、この件を通して思った事は佐賀農業高校の優位性です。佐賀農業高校は佐賀県でも古い歴史を持つ農業系の高校です。県庁の建設分野で働く人の半分以上が卒業生だと聞いていますし、我が社の従業員の約半分もそうです。取引先の中には仕事を優先的に回してくれる人もいて、その点でも助かりますし、今回の朝長を紹介してくれた先輩や右腕を作った方がいいとアドバイスしてくれた先輩など、経営面でも非常に助かる助言や手助けをしていただけます。

もちろん、助けてもらうだけでなく、私が助ける場合もありますし、言わば、一つの共同体のようなもので、みんなで助け合っているのです。

それほど佐賀農業高校のコネクションは強いのです。

●社員の食事のためにコンビニ事業

……ところがです。右腕になる人間ができたのはいいのですが、その結果、困った事態に陥りました。ポカンと自分の手が空いてしまったのです。

信じられないことですけれど、自分の仕事がなくなった事に驚きました。

最初は気になって部下がやっている仕事のポイント、ポイントで細かくチェックをしていましたが、その内、最終的な確認だけで済むようになりました。責任を持たせれば、従業員みんなが自覚を持ってしっかりした仕事をしてくれる事が分かりました。

〝じゃあ、俺は何をすればいいんだ？〟

自分の仕事がないなんて社会に出て以来、初めての事ですから相当の衝撃でした。そこからです、本気になって次なる事業展開を考えるようになったのは……。

ところで、私は車を運転するのが大好きで、かなりの長距離も車で移動します。

運転中に何をしているかというと、手足と目はほとんど動かせませんから、脳みそを働かせる事になります。運転中は、実にあれこれといろんな発想が出てきます。

〝今度の仕事は××にやらせてみよう〟

〝介護の施設はこういう風に改造しよう〟

――など、普段では出てこない考え方が走っている最中に浮かんできます。運転中はメモを取れませんから、そんな時はボイスレコーダーで録音します。

新たな事業展開と言っても、向こうから新事業が転がり込んでくるような事はありませんから、無理して見付けるでもなく、新規事業を模索する日々が続きました。

私たちの測量の仕事に限らず、仕事というものはたいてい納期が決まっています。

一カ月後だったり、三カ月後だったりしますが、仮に三カ月の工期の場合、最初は時間に余裕がありますからゆっくり仕事に取り掛かります。

ところが、あと残り一〇日くらいになると、〝いよいよ納期が迫って来たぞ！〟という感じで焦りが出てきます。まあ、これはどんな仕事でも同じでしょう……。

「すまん。徹夜してでも仕上げてくれ！」

社員みんなに頭を下げて、そうお願いします。

そうは言っても、徹夜だけさせておいて、後は放っておくというわけにもいきません。晩飯、夜食……と食事を出さないといけません。

三興測量設計で働いていた時は、食事も全部会社が用意してくれていました。幸いな事に社長の奥様がスナックを経営されていて、しかも漁師の娘さんで料理が得意でした。願ったり叶ったりで、毎日、出て来る食事が楽しみで仕方なかったものです。

〝今日のおかずは何かな？〟

夕方になってお腹が空いてくるとそんなふうに期待するくらいでした。

当時は徹夜続きだったと書きましたけれど、徹夜した時は朝食も出てきました。目玉焼きとか簡単なものでしたけれど、とてもおいしかったのを覚えています。


〝うちも夜は食事を出さないといかんなあ〟

そう思いました。ただ、当時は妻も測量の仕事を手伝ってくれていましたので、三興測量設計の奥様のように夕食を作る時間はありません。

そこで、弁当を買う事にしたのですが、当時は武雄にコンビニエンスストアはまだできていなくて、近隣のスーパーも夜の八時に閉まってしまいます。

仕事に夢中になって、時計を見たら八時を過ぎていたなんて事もしょっちゅうです。

仕方なく、我が家の残ったご飯をおにぎりにしたりして、簡単なものを食べてもらって空腹をしのいでもらいました。

ただ、その時に考えたのは〝飲み物がいるな〟という事で、まずは事務所の隣に自販機を設置してもらえるよう手配しました。

●ローソン武雄競輪場前店は大成功

そうこうしている内に、ようやく二四時間営業のセブン・イレブンが武雄温泉駅の近くにできました。それが武雄にできた初のコンビニエンスストアだったのですが、その時、私は思いました……。

〝そうか！　コンビニを自前でやれば、二四時間、食べ物があるじゃないか〟

そこで、とりあえずコンビニエンスストアを経営する会社に連絡を取ろうと思って、当時はインターネットもない時代だったので、連絡先を調べて電話を掛けました。

セブン・イレブンは出店済みですから除外して、ローソンかファミリーマートという事で、まずはローソンに連絡をして店舗を経営したいと申し出ました。

近くに武雄競輪場もあるし、街中なので人出も期待できます……などと説明しました。

すると、ローソンを経営しているダイエーコンビニエンスシステムズ（当時）のスーパーバイザーがフランチャイズ（ＦＣ）契約のパンフレットを持って、武雄まで来てくれる事になりました。ダイエーというのも懐かしい名前ですが、〝流通革命の旗手〟と呼ばれたダイエーグループの創業者・中内功さんがご健在な頃でした。

　担当者の話では、当時、ローソンは佐賀市内しか出店していなくて、西は佐世保と長崎にありましたが、武雄は空白地帯でした。そのため、先方にもこの地域に出店したいという目論みもあったようです。お互いウィンウィンという事が分かりました。

　その後、ローソンが佐賀銀行と取引があったため、銀行が融資の話を持って来ました。店舗を出すためには土地と上物を合わせて数千万円が必要でしたけれど、土地は自前ですから、投資額はその半分で済むという話でした。

　銀行も乗り気で、佐賀銀行とローソン長崎本部の意向で出店したいという希望でした。

　ですが、ここでちょっと思いとどまりました。私は、石橋は叩いてもなかなか渡らない性格ですから、その場の勢いで契約するような事はまずありません。

〝ちょっと待てよ、やっぱりセブンの方が人気あるな〟

ローソン武雄競輪場前店。後方の高い建物が東洋リーセント本社ビル。

そう思って、念のためにセブン・イレブンに電話してみると、担当者が来てくれる事になりました。ですが、やはり既に出店しているセブンには断られました。

続いて、ファミリーマート、デイリーヤマザキ、そして、ＲＩＣマートという九州と山口県で展開しているコンビニエンスストアにも声を掛けました。

結局のところ、最初に声を掛けたローソンが残って、ローソン武雄競輪場前店がオープンしました。

――それが平成六（一九九四）年八月二六日の事で、この日は大騒ぎになりました。

まだまだ残暑が厳しい中、オープン前から行列ができるほどの大人気となりました。結局、その日は五〇〇人以上のお客様が来てくれました。顔なじみの方もいましたが、近隣の方だけでなく遠方からいらっしゃった方も多かったようです。

ローソンの売上は好調で、特に競輪開催日ともなると混雑の度合いは相当なもので、売り上げも爆上げでした。そんな風に、ローソン武雄競輪場前店は大成功を収めました。

これで従業員の食事問題も解消されましたし、コンビニ需要を取り込んで売り上げも上げられるに違いないと思いました。まさに一石二鳥と言っていいでしょう。

その年はちょうどローソンが五〇〇〇店舗を達成した年で、オーナーを含む二人がハワイのディナークルーズに招待される事になり、私たち夫婦もハワイに行きました。

〝契約したばかりのタイミングで五〇〇〇店舗が達成されて、無料でハワイに招待されるなんて運がいいな〟と思いました。

その際、現在はサントリーホールディングスの社長になられている新浪《にいなみ》剛史さんがダイエーコンビニエンスシステムズの社長でしたが、ディナークルーズでジャズを聴きながらの懇親会の席で、たまたま私の前に座られました。その場でいろいろな話をして、武雄競

東洋測量設計が経営するローソン武雄小楠店。

輪場前店がうまくいったので、いつか二号店を出したいという話もしました。

●ローソン二号店を出店する

二店目の武雄小楠店ができたのは、それから一三年後の事でした。

もともとそこには叔父が経営していたドライブインがありました。叔父はもともと自動車教習所の教官でしたけれど、料理がとても上手でした。

ちょうどその頃、叔父に相談されました。

〝店舗も古くなって傷んでいるから改装が必要だし、空調関係も新調しないとい

けない。だけど、それをやるにはお金が掛かるから、貸店舗にできないだろうか？〃

それで私は〝ローソンをやるのはどうだろうか？〃と返事し、経営は私がしますからという事でローソンと話をしてみたところ、すぐにＯＫが出ました。

武雄小楠店のオープンは平成一八（二〇〇六）年八月三一日の事です。

なお、ローソンのＦＣ契約は一〇年ごとの更新で、一号店は一回目も二回目も無事に更新ができましたが、三回目の更新という時にちょっとした問題が起きました。

オープンした二〇年前とは状況が変わってきて、郊外型のコンビニエンスストアは駐車場スペースが広くないと契約できないと言われました。

一号店は四五坪で駐車場は一〇分台だったのですが、その時、六〇坪が必要で駐車場も二、三〇台、欲を言えば大型車も止められた方がと言われました。

そのため、一号店は駐車スペースが足りないという事で契約更新ができず、私もやむをえず諦めました。それでも酒・煙草のライセンスは所持しているので、酒の販売をする「ザ・イースト」というお店を始めました。

そもそもローソンを始めた動機は、従業員の福利厚生というか、生活の質の向上、プラスになればいいというだけの事でした。一号店も二号店も十分な成功を収めましたけれど、私はもっと理想の展開を頭に思い描いていました。

たとえば、それぞれの事業で人手が足りない時など、時にはコンビニの店員が測量の補助員として働いたり、その逆に東洋測量設計の従業員がローソンを手伝ったりするといいのではないかと思っていました。

さすがにそこまでうまくはいきませんでしたが、フランチャイズビジネスがどういうものかもよく分かりましたし、新たな経験は私と東洋測量設計にとって大きなプラスとなった事は間違いありませんから、既に心に決めている次の挑戦に活かしたいと思います。

このように、ローソンは東洋測量設計の初めての異業種参入でしたけれど、その後の経営は安定しています。売上も日販約四〇万円、収益で年に約一億五〇〇〇万円ですから、東洋測量設計を長男とすれば、優秀な次男坊と言えるかもしれません。

昨今はコンビニエンスストアも人手不足とあいまって、セブン・イレブンを筆頭に二四時間営業の是非を巡って営業時間を短縮しようという傾向にあります。以前、ローソンも深夜を閉めますかと打診してきた事があります。

ただ、深夜は時給が高いものですから、それで生計を立てている人がいます。

〝深夜営業をやめたら行くところがないからやめます〟

そうおっしゃるアルバイトの方もいます。

〝だったら二四時間営業を続けましょう〟

そう決めました。深夜帯はお客さんが四、五人しか来ない時もありますけれど、納品のトラックが来ますから陳列業務など深夜ならではの仕事があります。夜にその仕事をやらないと、今度は昼間の従業員の負担が増します。

そうやって店が回っていくものですから、二四時間営業を続ける事にしました。

今後のローソン事業の展開も考えてはいますけれど、業界一位のセブン・イレブンと比べれば本部の資金も売り上げも違います。現在は店舗数をあまり増やしていませんし、採算が取れないところはすぐ撤退です。

武雄での新規店舗をローソンの開発部に提案した事がありますけれど、今の人口では難しいという答えでした。令和四（二〇二二）年度内に予定されている九州新幹線（西九州ルート）の武雄温泉駅が完成すれば、また新しい展開が期待できるかもしれません。

●乗り物への尽きない興味

さて、この辺でその後の私の乗り物遍歴についてお話ししたいと思います。

結婚当初、親と一緒に住んでいた頃は、二人だけで遊びに行く時は、親の手前、仕事に行く格好（作業着）で家を出て、車の中で着替える事もありました。

子供ができてからは、お盆と正月の休みには東京ディズニーランドによく行きました。

その頃はキャラバンカーを改造したキャンピングカーを持っていたので、東京、いや千葉まではるばる陸路を往復したものです。しかも、高速道路はお金がかかりますので、一般道で行きました。途中で日帰り温泉があれば、そこに入って体を休めます。

〝年を取ったら（長距離の運転は）できないな。今のうちだけだな〟

そう思っていましたけれど、つい最近もインターネットで購入した車を野田市から一二

東京ディズニーランドに向かう途中の東名高速道路のサービスエリアにて。
昭和60（1985）年正月頃。

○○キロ陸送してきましたし、〝あ、若い頃と全然変わっとらんな〟と思いました。

本当に車を運転するのが好きなんです。その次にマイクロバスを買って、その後はベンツの二階建て大型観光バスまで買ってしまいました。

〝観光バスなんて買えるの？〟

そう思われるかもしれませんが、インターネットで買うことができるんです。そして、大型二種免許を取って運転しました。一時は大型バスを五台持っていた事もあります。

――すると、銀行の担当者がそれを見て言うわけです。

「このバス、一台いくらするの？」

観光バスは新車の場合ですと約六〇〇〇万円以上しますけれど、もちろん、私はそんな金額では買いません。オークションなら高くて一〇〇〇万円、安いと三〇〇万～五〇〇万ですから普通の車と大して変わりません。

それらは売ってしまい、残っているのは一台だけですので少し寂しく思っています。

一方で、前述しましたように、私は船も大好きです。

現在所有しているヤマハのクルーザー（三二フィート）は三代目で、それともう一隻、ヤマハのＳＲＶ（二〇フィート）の二隻を所有しています。

船に興味を持ったのもやはり子供の頃の事で、流線型をしたモーターボートが航跡を残して進む姿を見て〝格好いいな〟と思っていました。

私の体の中を流れる軍艦乗りだった父親の血が呼んでいるわけではないでしょうが、いつか船を持ちたいと思っていて、小型船舶操縦士免許には一級から四級までありますが、三興測量設計時代にまずは四級を取りました。この時はまだ船は持っていません。

最初に購入したのは「ストレブロ」というスウェーデン製の王室御用達のクルーザー

東洋測量設計所有のクルーザー “Sea Gull”。

東洋測量設計所有のクルーザー “クルーズ・スター”。

（四〇フィート）です。室内が全部、チーク材で拵《こしら》えられた高級感のある船です。

購入したのは東洋リーセントビルが建つ二年前の平成五（一九九三）年の事ですが、その船が欲しいと思って大阪や東京に見に行って、横須賀にお目当ての船がありました。所有していた会社と交渉して、新艇で一億四〇〇〇万円くらいするのを、三〇〇〇万円で譲ってもらいました。

ただし、ストレブロは四級小型船舶操縦士免許では操縦できませんから、平成四（一九九二）年に一級小型船舶操縦士免許を取りました。まさに夢が実現した瞬間です。

〝そんな高級な船を持っていてどうするの？〟

そう思われるかもしれませんが、自分で操縦するのが楽しいのはもちろんですけれど、休日に家族や社員を連れてクルージングに出たり、官公庁でお世話になっている職員の方を呼んで接待に使ったりする事もあります。

一般の方を対象にしたディナークルーズ「大村湾ベイ・クルーズ」も計画しました。

クルーザーは大村湾のマリーナに係留してあります。以前はクルーザーの上からハウステンボスで打ち上げられる花火を楽しんだ事もあります。

その後、ストレブロは売却して、一回り大きいリベロナのメガヨットと言って、五〇フィートの船「クルーズ・スター」を買いました。

今は長女と長男も一級小型船舶操縦士免許を持っていますので、子供たちも海に出て楽しんでくれているようですから、無駄ではないと思っています。

——オートバイ、車、船ときて、残るは飛行機というわけですが、さすがにプライベートジェットとなるとスケールが違ってくるので考えないようにしています。

第五章　公共事業で信頼を得て事業を拡大する

——自社ビルを建設し、経営も多角化

●一〇階建ての自社ビルを新築

先ほど書きましたように、武雄市の道路拡張計画の補償金を元手に自社ビル「東洋リーセントビル」が落成したのは、平成七（一九九五）年の事です。

補償金がかなりの金額でしたので、理想は大きくという事で近隣を見下ろすような一〇階建ての大きなビルを計画しました。

しかも、設計上は一〇階建てになっていますけれど、四階と九階を抜いているため、実際は八階建てです。その分、天井が高くなっています。塔《とう》屋《や》までの高さは地上三一・二五メートルあります。

このビルは福岡の設計事務所がプランを立ててくれて、私の古巣である丸紅建設の福岡支店が工事をしてくれました。

平成7（1995）年に建てた新社屋・東洋リーセントビル。地方紙支局や学習塾などのテナントも入った事務所兼自宅。

外観も上階は円形の形をしているなど工夫していて、間取りも私の意向で相当凝っています。電気のコンセントも普通は各部屋に二カ所くらいですが、それを四隅につけてみたり、有線放送の設備をつけたり各トイレと風呂場にテレビをつけたりと徐々に要望が増えていって、結果として設計に二年くらいかかりましたし、建築費用も結構な金額になりました。

「こんな作りにくいビルは初めてですよ」

丸紅建設の担当者はそう言って苦笑しました。


ところで、私はその年まで仕事をしてきて、通勤というものをほとんどした事がありませんでした。起業時も、その後も事務所の横に住宅を構えていましたから、自動車通勤をした事がありません。このビルもスカイレストランの下の七階、八階が住宅になっていて、私たち家族が住んでいます。

その下の階をどうしようか考えていたのですが、それは完成した後で考えればいいという事で、容積率をフルに使って設計しました。

すると、建設している最中から、テナントに入りたいという話がたくさん私の耳に入ってきました。NECフィールドサービス、佐賀新聞社、中央警備保障……と名立たる会社が入所を希望してきたのです。

ちなみにこのビルはレストランがありますので、消防法では雑居ビルになります。当時、エレベーターがある雑居ビルが武雄にはなかったことから人気だったようです。

そんな経緯で空いている部屋も建築中に続々と決まってしまいました。その結果、私も欲が出て、少しでも家賃が入るようになればいいと考えて、当初、社長室に予定していた部屋もテナントを入れるなど、できるだけ家賃収入が増えるように作ったのです。

普通、ビルを建てようと思ったら、その前に銀行に融資の相談に行くものです。そして、融資が決まってから着工します。

しかし、このビルの場合、市からの補償金もありましたし、足りない分は銀行が融資してくれるだろうという目論見で建設を見切り発車してしまいました。

〝仕事の契約書できっとお金を貸してくれるから、何とかなるだろう〟

そんな風に考えていました。しかも、施工は丸紅建設ですから、あわてて請求される事もないだろうとも考えました。そして、完成した後、〝さて、そろそろ銀行に行くか〟という事で融資を頼みに行きました。

「建設資金の融資って言われても、もう建っていますよね！」

――顔なじみの銀行の支店長にはそんな風に言われました。

既に完成しているビルに対する建設資金の融資など前代未聞です。支店長は呆れていましたけれど、無事に融資を受ける事ができました。

●武雄初のジャズレストランを開業

最上階に作ったスカイレストラン「ブルーノートＴＯＹＯ」は、そもそも従業員が食事を取ったり、休憩を取ったりできるように、いわば従業員の福利厚生にも使えるような場所が必要だという理由から、レストランにしようという事になりました。

平成七（一九九五）年九月に完成して一二月にオープンしましたが、屋上の眺めがいいことから屋上ビアガーデンも計画に織り込んでいました。

レストランと言っても普通のレストランではなく、ジャズのバンドが演奏できるような

本社ビル10階にあるスカイレストラン「ブルーノート10」。

店にしたかったのは、単純に私個人の願望であります。

前述しましたようにもともと私は音楽が好きで、新日本土木の四国時代にビッグバンドに入っていましたし、実際に博多の「福岡ブルーノート」（現在は閉店）に行ってみたりしますと、こういう店を武雄でやれないかと夢を見ていました。ステーキを食べながらジャズを聴く……そんな店ができればいいなと思って作ったのがこの店です。

東京にある本家の「ブルーノート東京」と名前が似ていることから、オープン時にちょっとした手違いが起きました。

ローソン武雄競輪所前店で五〇〇円以上

買ったお客さんにくじを引いてもらい、「ブルーノートＴＯＹＯ」の招待券が当たるという企画を行いました。ところが、当選した人が間違えて博多の「福岡ブルーノート」に行ってしまったのです。

それ以来、間違えないように〝武雄〟も入れて「武雄ブルーノートＴＯＹＯ」という店名にしました。

演奏してもらうミュージシャンは、私が九州ジャズユニオンクラブの会員になっていますから、九州に来るシンガーや演奏家がいるとそこから声が掛かりますので、出演料などの条件が合えば来てもらう事になります。

これまで名曲「レフト・アローン（LEFT ALONE）」で世界的に有名なジャズピアニストのマル・ウォルドロンさんに来てもらった事は自慢ですし、他にもジャズシンガーの大橋美加さん（故大橋巨泉さんの娘）、金子晴美さん、中本マリさんらに出演していただきました。

武雄には珍しい文化の香りがする施設で、玄人受けは良かったのですが、残念ながら武雄の音楽人口は多くありません。評判は良くても客足は増えませんでした。

しかも、私のフライングというか、率直に言って初期投資をし過ぎました。最初が肝心という事からチラシをたくさん作ったのですけれど、それで約二〇〇〇万円掛かってしまいました。この二〇〇〇万円は両肩に重くのしかかりました。

なお、レストランとして営業するには許可申請のための調理師免許が必要です。また、自分が調理師免許を持っていないと料理人を指示する立場にないわけで、妻と長崎の調理師専門学校に行って試験を受けて、合格しました。調理師免許の試験は一般的な公衆衛生学などざっくりした試験で、調理の技術や味付けは全く関係ありません。

お客さんをいかに安全に受け入れるかという趣旨の資格でもあります。

そうして調理人を雇って店をスタートさせたのですが、調理人には年俸にして六〇〇万円程度必要です。しかし、〝大した料理もないのに、そんなに払うのも馬鹿馬鹿しい、それじゃ経営が成り立たない〟という事で、経費節減のために料理人にはやめてもらい、しばらくは叔父の奥さんに料理を作ってもらう事にしました。

ただし、ランチタイムには大勢のお客さんが来ました。

最初は七八〇円の昼定食を提供していたのですが、それをコーヒー付きのワンコイン（五〇〇円）ランチに変えたところ、爆発的に当たりました。今でこそワンコインランチは当たり前ですけれど、当時は珍しがられて、毎日、毎日、すごい数のお客さんが来ました。

ところが、五〇〇円ですと原価的に赤字ギリギリですから、利益はあまりありませんでした。お客さんがたくさん来ても薄利多売だったのです。

叔父の奥さんがやめた後は、妻が料理を作っていました。

しかし、妻は朝八時に会社に来て仕事をして、昼になるとランチの料理を作って、それが終わるとまた五時まで仕事をしますから、一〇時まで店を開けたら休みが全くありません。これは妻の体力的にちょっと難しいという事になりました。

それでも「ブルーノートＴＯＹＯ」はジャズの店をやりたいという、以前からの私の夢を実現させたようなものですし、もともとは福利厚生の一つですから、特に儲けようという意識はありませんでした。ローソンもそうだったように、「ブルーノートＴＯＹＯ」も従業員の生活の質の向上を思って始めた店です。

本社ビルで毎夏オープンする屋上ビアガーデン。御船山など周囲の山並みや眼下の風景が楽しめる。

その後、「ブルーノートＴＯＹＯ」はテナントとして一時期貸す形にしました。オーナーの方に全く同じスタイルで引き継いでもらって、店名だけ分かりやすいように、一〇階という事で「ブルーノート10」に改名しました。

残念な事ですけれど、現在、「ブルーノートＴＯＹＯ」は営業していません。

一方で、夏場のビアガーデンは今も続けています。

屋上ビアガーデンは、「ブルーノートＴＯＹＯ」がオープンした翌年の夏から始めました。料理は「ブルーノートＴＯＹＯ」で作って屋上に持っていく形です。全て手作りという事もあって、かなりの好評をいただいています。

キャパシティーは約五〇人で、武雄の象徴とも言える御船山を間近に望めて、武雄市内の夜景も最高の屋上ビアガーデンはお陰様で毎年盛況です。

夏の間の週末は予約で埋まって、お断りする場合もあります。

「今年はいつからやるんですか？」

梅雨が明ける頃になると、馴染みのお客さんからそんな予約の電話が入って来ます。

●読売新聞の販売店を始める

読売新聞の販売店を始めたのは平成一七（二〇〇五）年の事です。

北九州の小倉に読売新聞西部本社があり、日本の三大新聞の残り二つ、朝日新聞、毎日新聞の本社も全て小倉にありました。

山口県から九州全域を読売新聞西部本社が統括していました。

九州では福岡市より先に北九州市が最初に一〇〇万都市になるほど栄えていました。その後、福岡も一〇〇万都市になり、福岡の方が発展する可能性が高いのではないかと、その時に朝日新聞と毎日新聞は福岡市に本社を移転しました。

読売新聞は最後まで小倉にいましたけれど、ようやく福岡市に移る事になりました。

その頃、新聞販売店が代替わりをする時期で、みなさん後継者問題に悩んでいました。

配達人も高齢化して店の継続が難しいという事になり、我々のようなかつての新聞奨学生を対象に、販売店のオーナーになってくれないかと募集をかけた事があります。


――その時、前述しました読売九州理工専門学校のＯＢ会がありました。

その会に行った時、久し振りに西部本社の販売局長にお会いする事ができました。

「池田さん、ぜひ販売店を一つ持ってくれませんか？」

そんな風にお願いされました。でも、その時は社交辞令に違いないと思っていました。

ところが、それから一週間もしないうちにその方から電話があったのです。

「今、武雄温泉駅に着いたから迎えに来てくれないか」

突然の事に、それはもう驚きました。

「いや、うちはビルの中に佐賀新聞がテナントとして入っているからできませんよ」

そんな風にお断りしたら、「どうしてもやって欲しい。福岡でもいいから」と言われて、断る理由がなくなりました。

それで、最初は福岡の大橋東部販売店を始める事にしました。すると翌年、佐賀もやってくれないかと相談されて、断れずに始めたところ、どんどん増えていきました。

その方は東京本社に戻られて取締役を最後に勇退されましたけれど、そういう不思議な巡り合わせがありました。

私としては、奨学金をもらって、香港・マカオにも行かせてもらって、若い頃の恩返しというつもりで手掛けました。

福岡、佐賀……と増えて行って、最盛期には一〇店舗を経営していました。

ところで、新聞の販売店は経営権の売買をするわけで、購入してまた売ってという形になります。経営権の価格は部数によって変動がありますが、だいたい一店舗一〇〇〇万〜三〇〇〇万円で、売却する時もその時の部数によって変動します。

そして、経営権譲渡の際は、購読者の他、店舗と従業員、配達するオートバイや自転車、折りこみ広告の機器なども一緒に引き継ぎます。

そうした〝交通整理〟は新聞社がしています。

私が引き継いだ頃はまだまだ新聞も購読者がたくさんいましたけれど、近年、新聞を読んでいるのは高齢者が多く、購読者も激減しているというのが現実です。

しかも、最近は新聞配達をやりたいという若者も少なく、配達員の高齢化も進んでいます。特に田舎は子供の数が少ないから深刻です。

私の場合、近隣では武雄温泉の近くにあった武雄北方販売店も、経営を始めた頃はジャイアンツ喫茶もやっていてグッズ販売も好調でした。

しかし、当初七〇歳くらいだった配達員が八〇歳になったりして、いよいよもって配達員の人材不足が深刻な事態になってきました。

〝これはもう長く続けるべきではないな〟

そう思いました。人手が足りない時には東洋測量の従業員に朝配ってもらった事もありましたけれど、そんな事では本業に支障が出ます。

そこで、平成三〇（二〇一八）年頃に全て権利を売って引き継いでもらいました。

新聞販売店は年間三億一〇六〇万円の売上があって、東洋測量設計を助けてくれていたので残念な気持ちもあったのですが、今年になって、その思いもなくなりました。

その理由が新型コロナウイルスの流行で、一気に日本はおろか世界経済が縮小しています。

部数が減って来たところに新型コロナが追い打ちをかけて、スーパーマーケットその他の折り込みチラシも激減し、新聞業界は大変な危機に陥っています。

私が読売新聞を好きなのは紙面が多いところですけれど、以前は四〇ページくらいあったのが、最近では二八ページ程度に減っています。しかも、最近は折り込みチラシが全くない時もあります。

販売店の経営そのものも厳しいでしょうし、その意味では二年前に売却して良かったのではないかと考えています。

●介護事業に進出する

東洋測量設計の三番目の新規事業である介護事業に進出したのは平成一八（二〇〇六）年の事でした。

こちらを始めた時も事業拡大のための業種を探して介護事業に注目したというより、身近な問題……一番身近な血縁である母の介護問題を解決するために始めたようなものです。

そもそも私の両親は茅葺屋根の古い家にずっと住んでいましたが、父が死去した後、母を一人でそこに住ませておくわけにはいかないという理由で、東洋リーセントビルに住んでいる私たち家族と同居してもらう事にしました。

その数年後、母の種子が認知症になってボケが出始めると、身の回りの世話が必要になってきたのです。

私を含む家族ももちろん働いていましたから、まずは母をデイサービスに頼む事にしました。朝迎えに来てもらって、夕方送ってもらって帰って来るのですが、デイサービスは土・日が休みです。するとどうなるか？

月曜～金曜まで家族は精一杯仕事して、土・日は休みたいと思います。しかし、土・日はデイサービスが休みですから母の面倒を見ないといけません。

気晴らしにどこかに遊びに行きたくてもいけませんから、少々困りました。

だったら、デイサービスに頼むのではなくて、老人ホーム（特別養護老人ホーム）に入れればいいじゃないかと思われるかもしれません。

ところが、この案は姉と妹があまり良い顔をしませんでした。

〝跡取り息子なんだから、しっかり自分の家で面倒を見なさい〟

そういうわけです。

〝これは困ったな。どうすればいいんだろう？〟

そこで考えた結果、今は空き家になっている実家で介護施設を起ち上げればいいのではないだろうかと考えました。そこで介護保険事務所に申請したところ、あの地区の周囲には介護施設がなかったものですから、すんなり認可が下りました。

介護事業には介護福祉士や管理者が必要ですが、それとは別に開設者＝トップになる人が必要です。そこは私が開設者という事で、他の施設で研修を受けて資格を取りました。

――まずは築一二〇年の実家の全面改装が始まりました。

改装に関しては、もともと建設関係の仕事をしていますからお手の物で、自前で安く仕上げて、グループホームとして使えるようにしました。

そして、介護士を雇ってグループホームを開業し、第一号として入居したのが母でした。

介護施設、グループホーム、デイサービスなど。奥にある生家の２階、四角窓が３つ並ぶ部屋で創業した。

もちろん、母一人では採算が取れません。実家は九部屋ありますから、定員は九人です。そこで募集というか、周囲の知人に声を掛けたところ、あっという間に残りの八部屋が埋まってしまいました。

このあたり、東洋リーセントビルのテナントがすぐに埋まってしまったのと一緒で、自然と社会の需要と合致していたようで、自分の運の良さを改めて感じました。

昨今の高齢者向けの施設は鉄筋コンクリートのがっちりした建物です。しかし、私の実家のような古い民家は、お年寄りにすれば自分たちがかつて住んでいた家のようなものですから、本人はもちろんご家族も安心されるようです。

母自身も家族と一緒とはいっても見知らぬコンクリートのビルに住むより、何十年も住み慣れた我が家の方が精神的にも安心した事でしょう。

母は平成二四（二〇一二）年に他界しましたので、約六年間、実家のグループホームで過ごしました。人生の最後を実家で過ごせて良かったと思っています。

笑顔も増えてきましたので、少しは母親孝行できたかもしれません。

母の存在がなかったら、介護業界に手を出す事はなかったでしょう。

そういったきっかけでグループホームを始めたわけですが、せっかくだからデイサービスも始めようかという流れになりました。

グループホームは定員が一ユニット九人なものですから、もう一ユニット、二ユニット増やそうとも思いましたが、グループホームでは新たな認可は下りませんでした。

そこで、やはりデイサービスを始めようという事になり、実家の隣にデイサービスの施設を作ってスタートしました。

●宅老所を作って二四時間介護

普通、デイサービスは病院などの医療機関が併設してやっていますけれど、ほとんどの方が自宅から通っています。それゆえデイサービスというわけですが、朝迎えに行って夕方五時頃送り返すのが普通です。

そのためにデイサービスの場合は、専門の運転手を雇う必要があります。しかも、一台の車に何人も乗れるわけではありませんし、車椅子の方であれば、一人の方で往復するしかありませんから、送迎のやりくりは意外と大変です。

だったら隣に夜寝られる施設を作って二四時間サービスをしようという事で、宅老所としました。それなら運転手は必要ありませんし、デイサービスですと、夜はご家族の方がお年寄りの面倒をみないといけませんが、宅老所なら家に送り返さず隣に泊める事ができて、夜中も介護士が世話をすることができます。

老人ホームに入れるお金はない、だけど二四時間預けたいという方も一定数います。しかも、老人ホームやグループホームは認可が必要ですけれど、宅老所なら届け出制で許可をもらう必要がないから開所は自由です。両者の目論見がマッチしたのが宅老所です。

宅老所の定員は一〇人ですけれど、病気で入院したりとか、けがで入院したりとか、あるいは亡くなる方もいて、常時八割くらいの入居率になっています。

今は介護事業の拡大はあまり考えていません。近年は武雄にも新しい介護事業者が進出してきたり、病院関係が介護施設を作ったりしています。

また、優秀な介護士に継続して働いてもらうのも意外と難しく、みなさん、賃金が少しでも高いところに移られます。時給にしてわずか一〇円でも高いとそちらに移ります。それを非難するわけではなく、介護士さんも安い賃金で働いてくれるのですから感謝しかありませんが、現実問題として人を留めておくのが難しく、人材確保に気を遣います。

現状、国の介護保険があるので赤字にはならない程度の状態なのです。

また、将来的な武雄の人口動態を考慮しても、今後は人口減少の傾向にあるのではないかと思いますので、これ以上、介護業務に注力しない方がいいというのが私の考えです。

そうなると、実家の土地が遊んでしまうわけですが、後述しますけれど、そこではまた新しい事業を考えています。

最後に長崎県福島町の福島つばきマリーナ別荘地内にあった保養所の事に少しだけ触れておきます。

高校生の頃、オートバイの免許を取ってからあちこち走り回った事がありました。

その中で、武雄から一時間くらいの海辺にリゾート地がありました。景色も素晴らしいし、こういうところに別荘が欲しいなあと思っていました。

それから数十年経って、ある程度お金に余裕もできたものですから、貸別荘に何度か泊まるうちに気付きました。

〝あ、この別荘は空き家だな。あまり利用していないな〟

というのが分かってきます。そこである時、管理人に聞いて調べてもらったところ、福岡にある建設会社が所有している事が判明しました。そこでその会社と交渉してみたところ、あまり利用していないから売却してもいいという返事をもらい、購入する事にして、会社の保養所としてスタートしました。

料理は持ち込みで、一泊二〇〇〇円の使用料だけ取る形にしましたが、残念な事に思った以上に利用する人がいませんでした。

これは「ブルーノートＴＯＹＯ」と同じで、最初は従業員に対して社員価格の五〇〇円で飲み放題をやっていましたが、従業員はお金を出してまで飲みに来ませんでした。無料にした事もありましたけれど、そうなるとバーッとやって来ます。

そのあたり、福利厚生とは言っても非常に難しいところではあります。

●公共事業を中心に業績を伸ばす

もちろん、本業の測量・建設コンサルタント部門も順調に業績を伸ばしてきました。

現在、東洋測量設計は以下のような部門を有しています。

【建設コンサルタント業務】造成設計、擁壁構造計算設計、橋梁設計、道路河川砂防設計、上下水道設計

【測量業務】宅地測量、造成池測量、基準点測量、道路河川砂防港湾測量、深浅測量

【補償コンサルタント業務】土地境界線測量、面積確定、公図調査、移転建設補償調査、営業補償調査、立竹木補償調査

【建築設計業務】建築設計施工管理
【区画整理業務】農地・宅地を区画整理するための測量設計

創業当時は次から次へと仕事が入ってきたものです。

その後、日本社会はバブル経済に浮かれていましたけれど、私の会社にあまり関係はありませんでした。日本経済が良くても悪くても、公共事業がメーンですから、ある程度の予算は立ててあるので影響はあまり受けないのです。


また、請け負う案件をエリア的に見ますと、武雄はほんの一部で、佐賀県内、福岡県、熊本県、さらには鹿児島県までカバーしています。

主な受注先としては、国土交通省佐賀国道事務所、日本道路公団、農林水産省九州農政局、佐賀県土木部、佐賀県農林部、佐賀県土地改良事業団体連合会、佐賀県労働者住宅生活協同組合の他、各市町村となります。

近年は案件の規模が大きくなりますとＪＶ（建設関連共同企業体）の形になる事が多く、規模が大きい場合は下請けを使わなければならないようなケースも増えました。

そこで、佐賀県内にある下請け会社五社と、その都度契約しています。そういう意味では、当初は下請けの仕事がメーンだった東洋測量設計が、今では下請けを使う立場になったのですから感慨深いものがあります。

ここで、これまで東洋測量設計が手掛けて来た測量業務の一部を紹介しておきます。

・蛭子地区ロードレース会場測量設計業務（発注者＝国土交通省武雄河川事務所、施工場所＝佐賀県佐賀市芦刈海岸）
・嘉瀬川バルーン階段工設置測量設計業務（発注者＝国土交通省武雄工事事務所、施工場所＝佐賀県佐賀市嘉瀬町）
・六角川樋管階段工設置測量設計業務（発注者＝国土交通省武雄工事事務所、施工場所＝佐賀県杵島郡北方町）
・仙々原ため池測量設計業務（発注者＝佐賀県杵藤農林事務所、施工場所＝佐賀県武雄市武内町）
・快万水路測量設計業務（発注者＝佐賀県久保田町役場、施工場所＝佐賀県佐賀市久保多

町）

・ゆめタウン武雄店新築工事測量設計業務（発注者＝株式会社イズミ、施工場所＝佐賀県武雄市武雄町）

・新武雄病院造成工事測量設計業務（発注者＝巨樹の会）

——今日まで頑張って来て思う事の一つが、若い頃と違って金融機関が積極的に支援をしてくれるようになりました。その理由を考えてみますと、やはり、公共事業をメーンに手掛けているからだと思います。

普通の測量会社は民間企業が相手になるかと思います。ところが、相手が民間企業の場合、正直言って、お金が入って来るかどうか確実ではありません。実際、私も最初は民間企業の仕事をやっていましたけれど、私が納得いかないのは、相手が当初から金額を叩けるだけ叩いてくるという事です。結果として、公共事業の半値になってしまう事もあります。

しかも、測量が終って成果品を納品しても、いつ払ってもらえるか分かりません。ひどいところになると、何回催促しても払わない会社もあります。それで懲りました。

〝民間企業相手の仕事はやるもんじゃないな〟

ある時からそう思って、民間相手から手を引いて、公共事業一〇〇パーセントで行く事にしました。そうなると、当時から付き合いのある銀行の営業マンが出世して、やがて支店長になった時に、大きな案件が動いて測量会社を選ぶ際、他社と東洋測量の名前が出たら、公共事業をしっかりやっている東洋測量設計を選んでくれるというわけです。

そういう経緯があって、取引額もだんだん大きくなってきました。

東洋測量設計のすぐ隣には、スーパーマーケットやフードコート、各種専門店が入ったショッピングモールの「ゆめタウン」があります。

敷地も約三万平方メートルありますけれど、主な事業一覧にも掲載しましたように、ここは武雄市が誘致して、東洋測量設計で開発許可を取って、工事を始める形になりました。本社は広島にあるイズミという会社で、私が直接行って交渉してきました。総額二〇〇〇万円を超える大きな仕事になりました。

また、新武雄病院も東洋測量設計が計画して、開発許可を取りました。それも当時の市長から話があって、東洋測量設計が武雄市役所の指名にいつも入っているのと、ゆめタウンの実績もあるので、ぜひお願いしますという事で話が来ました。

このように、一つひとつスポット的なものではなく、それまでの関係性と積み重ねがあるわけです。その点でも、これまで実績と経験を積めたことに感謝しています。

第六章　開運、方位学が人を、会社を成功させる
——吉方位を求めて単身ヨーロッパへ

●元気印企業として新聞に載る

こうして東洋測量設計も概ね順風満帆に事業を拡大する事ができました。

平成二一（二〇〇九）年には、東洋リーセントビルに武雄支社がある地元・佐賀新聞に「元気印企業」として紹介された事があります。

これは東京商工リサーチの佐賀支店が九州内にある企業を対象に、前期比の売上高が二期連続で一一〇パーセント以上、さらに、最新決算の利益が三〇〇万円以上、三期連続黒字などを選考条件として調査したものです。

この時、佐賀県内には該当する会社が計一八社あったようで、その中の一二番目として東洋測量設計が紹介されました。当時、売上高は約六億三一〇〇万円で、前年比増収率は

三一・四パーセントでした。

自分の会社の事が新聞記事として載るなんて初めての体験でしたから、非常に嬉しかったですし、これからますます元気な会社にならないといけないなと身を引き締めました。

――それから一〇年が経ちますが、今は本業の五〇周年を目指すと共に、まだまだ新規事業を狙っています。

もちろん、私は今日までの業績を全て自分の力だけで成し遂げたとは思っていません。佐賀農業高校の先輩方をはじめ、いつも自分を引っ張ってくれた人がいたように思います。また、私を助けてくれた家族やお世話になった諸先輩方、周囲の方々……みなさんのお陰だと思っています。

そして、そういった方々と同じく感謝しているのが〝見えない力〟です。見えない力というと何やら怪しげな気配がしますが、そうではありません。

商売をやっていらっしゃる方ならみなさんそうだと思いますが、折々に神社に参拝に行かれる事と思います。いわゆる〝願掛け〟ですが、何かお願い事があると、神社にお参りするのではないでしょうか。

また、会社の中に神棚を作って、朝晩、手を合わせる方もいる事でしょう。神社でもらってきたお札や、酉の市で買ってきた熊手を祀っている方もいるはずです。

私ももちろん、毎月一日には神社にお参りするなど、昔から神仏には敬意を払ってきました。ただ、昔はあまり深く考える事もなく、困った時にはとにかく神社に行けばいいと考えていました。

しかし、神社はそれぞれ祀られている神様（御神体）が違います。

神社ごとに得意分野があるようなもので、これを〝御利益〟と言いますけれど、商売繁盛、勝ち運、縁結び、学業成就、子宝……など、御利益は細かく分かれているのです。

神社に行くと、たとえば参道のあたりに、その神社の得意分野が書かれた表示板が目立つように立っています。たいてい複数書いてありますが、やはり、先頭に書いてあるのが一番の〝売り〟の御利益です。

御利益を知らずに、縁結びの神様に商売繁盛を祈願しても効力は薄いですし、その逆もまたしかりです。これを人間に当てはめてみれば、風邪を引いたのに歯医者に行っても無駄でしょう。風邪なら内科に行かないといけません。

それと同じ事で、自分の願い事に合った神様を選ばないといけません。

それを知ったのが、深見東州さんの『瞬時に運が変わる！　神社で奇跡の開運』（たちばな出版）という本でした。深見さんの本は参考になるものばかりで、『大金運ノート』（たちばな出版）も何度も読み返しています。

●元気の源は人智を超えた力!?

実は私は数年前まで、ほとんど本を読んだ事がありませんでした。

それが、時間に余裕ができたということもあって、インターネットの通販で中古本を安く買えますから、いろいろな本を探しては読んでいます。

『本当はスゴイ！　血液型』（武田知弘著／ビジネス社）、『第三の眼』（ロブサン・ランパ著／今井幸彦訳／光文社）、『誰も書けなかった死後世界地図Ⅰ、Ⅱ』（A・ファーニス著、山口美佐子構成／岩大路邦夫訳／コスモ21）なども非常に面白かったです。

また、ユリ・ゲラーと言えばスプーン曲げで一躍有名になった超能力者です。

一九八〇年代後半に大ブームとなって、日本にも何度もやって来てテレビに出ていました。私はその頃はよく知らなかったのですが、ネットでユリ・ゲラーに興味を持った私は、『ユリ・ゲラー　わが超能力　それでもスプーンは曲がる！』（講談社）という本をやはり中古で購入しました。

ある時、何気なくスマートフォンをこの本の上に置いたところ、固まって動かなくなってしまったのです。おかしいなと思って、本から取ると普通に動きます。

〝これはすごい！　やはり見えないパワーがあるのか！〟

そう思った事がありました。それ以来、私は寝る時にこの本を枕の下に入れています。すると、毎日、不思議な夢を見る事ができて楽しい思いをしています。直接商売に繋がるわけではありませんが、朝起きると気分がスッキリして一日を気分良くスタートさせる事ができますから、何物にも代えがたいパワーをもらっています。

『誰も書けなかった死後世界地図Ⅰ、Ⅱ』も非常に興味深い内容でした。

その本によると、死後の世界は地獄と天国でそれぞれいくつものレベルに分かれているそうです。人は死んだらあの世に帰り、三〇〇～五〇〇年くらいで現世に戻ります。死後、上級階域（第一天国）に行くためには現世で人に施す――つまり、多額のお金を寄付してこの世を後にするといいそうですので、私は多額の寄付を目標にしています。

妻・章子とのことを、超念力をお持ちの方に占ってもらったら、私は四〇〇〇年前の前世は中国で弓矢を作っていて、その時も章子と結婚していたそうです。

私は今、黒の長財布（会社用）に現金一〇〇万円を入れて、使用済みの古い通帳と一緒に金庫に入れて保管しています。この習慣はパワーストーンで霊感の非常に強い方から直接教わって始めたものですが、すると勝手にお金が回り出して、個人用の白の長財布は現金が途切れる事がありません。

また、佐賀県唐津市の唐津湾に浮かぶ高島という離島に宝当《ほうとう》神社があります。名前からしてご利益がありそうな神社ですが、実際に、一九九〇年代に一人の住民が宝くじを購入した際、この神社に当選を祈願したところ高額当選したそうです。その話が有名になって以降、〝この神社に祈願すれば宝くじが当たる〟という評判が立つようになって大人気の神社になりました。

私もあやかりたいと思い、宝当神社を取り上げたユーチューブを流しながら、〝宝くじが当たりますように〟と毎日、神棚に向かって祈っています。

宝くじが当たったら、剰余金は自分のためではなく、社会のために使おうと決めました。

――と同時に、ユーチューブからヒーリング曲の「最強運気（五二八ヘルツ）」、「最強金運（四三二ヘルツ＋五二八ヘルツ＋九六三ヘルツ＋八五二ヘルツ）」、「超強運龍神波動（五二八ヘルツ×四〇九六ヘルツ、シータ波四ヘルツ）」、「最強金運ＢＧＭ」、「宇宙銀行（八八八ヘルツ）」、「神様の波動」、「警告！　極めて強力お金引き寄せ」、「人生を好転」、「浄化強化版、巨万の富」、「超幸運（九六三ヘルツ）」、「人類で最強で最良の周波数」などを、毎朝聞いて運気を上げています。

――そんな私が一番贔屓《ひいき》にしているのが、茨城県鹿嶋市にある鹿島神宮です。

鹿島神宮の御神体は『古事記』や『日本書紀』に登場する雷神「武甕槌大神《たけみかづちのおおかみ》」といって勝負の神様が祀られています。私は入札で勝ちたいと思った時に必ず鹿島神宮まではるばる参拝に行っていますし、御利益がある事は間違いありません。

武雄からだと実に一二〇〇キロ以上ありますけれど、私はドライブが好きですので遠路はるばる車でお参りに行きます。

鹿島神宮の神様は勝負の神様です。ですから、鹿島アントラーズが強いのも当然なのです。また、事業経営にも強い神社ですので、社長の運気が良くなりますと、会社も繁栄します。そんな大きな神社の神様が動けば、あっという間に問題は解決します。

そういった御利益がありますから、球界、角界などスポーツの世界の方々は試合の前に御祈願することで願いを叶えてもらえるのです。

もちろん、事業を始めた当初はそこまでの事は知るはずもありませんでした。

私が最初に神様に頼み事をしたのは、前述したように起業して一カ月目の従業員に支払う給料がなかった時の事です。父に頼む前に最初は神頼みをしました。その神頼みが父に届いて貸してくれたのかどうかは分かりませんが、その後も私は神頼みをしました。

ある時、どうしてもお金が必要になって、御百度参りをしました。本来は一〇〇日間続けて参拝を続けるものですが、神社の本堂での参拝と境内にある御百度石の間を回る行為を一〇〇回繰り返してもいいとされています。

何度も何度も繰り返すのは相当大変でしたけれど、その結果、事態が好転しました。その時、一〇〇万円が必要だったのですが、翌日、五〇万円が手に入る目処が立ったのです。〝お願いすると効果があるものだな〟と思いました。

神頼みをする時に大事な事は、お願いしたら、その後や次のお願い事をする前にしっかりお礼参りに行く事です。それも賽銭箱に小銭を投げ入れるのではなく、少なくとも五〇〇〇円は包んで寄進します。

私の場合、一回の頼み事は一万円、お礼も一万円と金額を決めています。

神様の力添えがあると思うと、心に支えができるというか、力をもらえるものです。

●方位学に寄せる全幅の信頼

その後に読んだのが、手相の第一人者で夢判断などでも知られる西谷泰人さんが独自に研究されて書かれた方位学の本『方位のパワーで幸運を引き寄せる！ 吉方旅行』（マガジンハウス）です。

まだ方位学に詳しくない頃、宝くじを買おうと思って、聞きかじりで西方に店が向いているところがいいと何かに書いてあったので、西向きの店を探した事があります。

そこで、博多の天神で過去の当選者が多くて、売り場が西に向いている店を探し出し、買いに行こうと思いました。

〝ちょっと待てよ、せっかく行くなら日本で一番当たっている西向きの販売店の方がいいじゃないか〟

そう思って探したところ、東京の新宿にある店が良さそうでした。そこで、飛行機に乗って東京まで行って、新宿の京王線の駅付近にある売り場まで買いに行ったのです。

わざわざ飛行機代五万円を出して、数千円分の宝くじを買いましたけれど、結局、当たりませんでした。

ところが、本格的に方位学を始めてからは、そんな遠くまで行かなくても、福岡でもいいという事で買い始めたところ、ぼちぼち当たりが出始めました。今のところ数千円のレベルで損はしていないという程度ですけれど、損をしていないというのは大きいと思います。その点では今後を楽しみにしています。

ただ、宝くじに当たった人の末路を書いた本を読みますと、大金が当たって好きな事をして楽しんだとしても、その後は不幸になっていらっしゃる方が多いようです。

私の場合、大金が当たったら、必要な分は会社に入れて、残りは全部寄付したいと考えています。そういう考え方であれば不幸になる事はまずないでしょう。


さて、西谷さんの本を読んで以来、私は方位学に深い信頼を寄せています。

昔は西谷さんが書かれた本『吉方旅行』シリーズなどを参考に行動の基準としていたのですが、今ではスマートフォンに西谷さんが作った吉方位がすぐ分かるアプリ「早楽・地図上　吉方位検索システム」（月額五四〇円）を入れて、それを参考にしています。吉凶の方角が一目で分かるからものすごく便利です。

ただ、方位学の難しいところは、年ごと、月ごと、もっと言えば一日ごとに吉凶が変わる事です。専門用語で言うところの「年盤」、「月盤」、「日盤」です。

そして、それぞれの運に「吉」、「普通」、「凶」の三通りがあって、この組み合わせをよく知る事が運を呼ぶ秘訣なのです。年盤で見れば吉の方位であっても、なおかつ、日盤の吉の方位にしないとうまくいきません。

たとえば、武雄から鹿島神宮に行く場合、月盤で調べるとその月は吉でも、来月は凶の方角になる事があります。いくら勝負の神様だから大丈夫と思っても、凶の方角の時に参拝しても効果は薄いのです。行くなら吉の時に行かないといけません。

しかも、ある月は西の方角がいいとします。でも、月の何日か、つまり日盤によって吉凶のレベルが細かく変わってきますから、そこを考慮しないといけません。

最初はそれを知らずに行動していて、〝東京は今月なら大丈夫だ〟と思って行ったところ、東京のホテルに着いた途端に仕事のクレーム電話が続きました。

〝こんなはずじゃない。月盤は吉のはずなのにおかしいな？〟

そう思ってアプリを見たところ、西の方角は全体的に月盤が吉でも、細かく調べると日盤は凶だったのです。それ以来、細かく調べて出発日を吉にしています。

それでも、月盤で見れば良い方位に行っていますので、最初だけ突発的に悪い事が起きましたけれど、それ以外は問題ありませんでした。

もともと、方位学は古代中国から始まったそうです。日本の戦国武将も戦《いくさ》の際に方位学を活用して天下取りを目指したと聞いています。

●運を良くするために海外まで！

ですから今、出掛ける場合、初日は吉の日に行かないといけませんので、ちゃんと一カ月前に調べてメモをしておきます。それでも、どうしても行かないといけない予定ができた時は、普通の日、つまり、何も影響しない日に行きます。

もっと最悪の場合、要するに今日、突然行かなきゃいけなくなったという時には、目的地で滞在する時間を極力短くして、凶の影響を最低限にします。

私はこう見えて倹約家です。必要なところにはお金をかけますからケチではありませんが、無駄なお金は使いたくない主義です。普段なら、大阪であればフェリーで行けば船中泊で船賃は数千円で行くところ、仕方ありませんから、朝一の飛行機に乗って、手短に要件だけ済ませて帰ってきます。長くいればいるほど悪運がつきますから……。

この数年（二〇一八、一九年）は年盤で西の方角がいいという事で、ソウル、中国、その先のモスクワはビザが必要だという事で除外して、ストックホルム、オスロ、パリ、ロンドンまで行ってきました。地球は丸いですから、その先に行くと凶の方角になるので帰ってきました。地球儀も買ってあって、それを見ながら確認しています。

武雄市の裏側はブラジルのポルトアレグレで、東京の裏側はリオデジャネイロになりますので、そこからは方位学は反転して凶方位になります。


最初にスウェーデンに行った時、まず、心配だったのは言葉が分からない事です。英語もほとんど読み書きできませんでしたから、空港に降りて、税関を通ってホテルまで行く最中も不安で仕方ありませんでした。

方位学の本には、運を良くするためには三泊以上そこに留まる決まりがあります。しかも、午後一〇時四〇分までにホテルの部屋に入る事が前提で、それより遅く着くと一泊に勘定されません。つまり、方位学の暦で子《ね》の刻であるその時間前後で日付が変わります。三泊のつもりが二泊になってしまいますので、必ずその時間までに着くよう気を遣っています。

また、気を付けなければならない事は、同じ年に出掛ける時に正反対の方位には行かない事です。せっかくの吉方位効果が相殺《そうさい》されてしまいます。

方位学を有効に使えば、吉方位に行きさえすればいい事ばかりが続きます。

私はもともと旅行も好きですから、昔はいつも妻と二人で行っていました。

ところが、方位学をやり出してからは、手段と目的が逆になったとでも言うのでしょうか。観光に行くために吉方位の場所を選ぶのではなく、運を良くするために吉方位にある場所に海外旅行に行くようにしています。

そうなると、観光は二の次、三の次です。観光する時間があったら仕事をしています。

しかも妻と行くと倍のお金がかかります。観光もあまりしませんし、妻に文句を言われないように一人で行く事が多くなりました。

英語が全く分からなかった最初の頃は、ホテルにじっと閉じ籠ったまま本を読んだり、言葉は分からないですけれどテレビを見たりしていました。

それがいつの間にか片言の英語とジェスチャーで通じるようになりましたし、メモ用紙に英語でスペルを書いて見せるとだいたい通じます。最近は英語のヒアリングなら多少は理解できるようになって、現地に行っても外に出るようになりました。

――このように、決して観光旅行に行っているわけではなくて、会社の仕事の一つだと考えていますけれど、傍《はた》から見れば、会社のお金で海外に行っているわけです。

税理士や妻を納得させないといけませんが、最近、家族は何とか理解してくれるようになりました。ところが、税理士はまだまだ理解してくれません。

短期間でたくさんの場所に一気に行きましたし、特に昨年（二〇一九年）は決算時期にあちこち行ったものですから、顧問税理士から指摘を受けてしまいました。

「これって、海外旅行でしょう、何の仕事で行ったんですか？」

帳簿を見てそう聞かれました。

「方位学を勉強して実践しました。実際に売り上げも伸びているでしょう」

そう言って説明すると、税理士はこう言いました。

「私に説明する分には構いません、重要なのはそこじゃありませんから。問題は税務署の調査官です。絶対にそんな事は認めませんよ」

なるほど、その通りです。この本を出すのは、遊びで海外に行っているのではない事を証明する意味合いもあります。国内の神社参拝で祈願するのと同じです。

〝ほら、ここで説明しています。遊びじゃないでしょう〟と言うために――。

●六〇歳を超えて〝旅行通〟に

なお、航空券やホテルはインターネットで検索して、航空会社はＬＣＣ（ローコストキャリア＝格安航空会社）を選んでいます。ホテルも一泊三〇〇〇円程度のＢ＆Ｂ（ベッド・アンド・ブレックファスト）やゲストハウスのような安いところを探しています。ヨーロッパに行く場合、正規のツアーですと三〇万～四〇万円くらいかかりますが、自分で探せば飛行機代は片道一万五〇〇〇円くらい（別途空港使用料）からありますので、三泊四日数万円でヨーロッパまで行って帰ってこられます。

まさかこの年になって、海外旅行を自分で手配するようになるとは思いませんでしたけれど、少しでも安い航空券やホテルを探して手配するのが面白くて、ボケ防止にもなっています。今はみんなインターネットできますから便利な時代になったものです。

なお、方位の吉凶は毎年、節分の二月三日が一年の始まりとなります。つまりは旧暦で言うところの正月のようなものです。

方位学を実践するようになってから何もかもが順調。孫たちが描いてくれた竜宮城へ昇る絵。

私の場合、今年（二〇二〇年）の二月からは東北の方角が良くなりました。九州の人間にとって東北と言えば日本のほとんどがそうです。東京、北海道、その先で一番遠いところといえばアラスカ付近ですから、実はアラスカ行きを計画していました。

ところが、新型コロナウイルスの流行で行けなくなってしまいました。今は自粛生活をしながら、新型コロナウイルスの影響が少ないところを回っています。北海道も感染者が多い札幌は避けて苫小牧、レンタカーを借りて襟裳岬に行ってきました。

今まで方位学を知らない時は何も分からず凶方位に行って、大きな災いやトラブルに見舞われて大金を支出したり、家族が怪我をしたりといろいろありましたが、過去の凶方位を調べると、まさしく悪い方向に自ら足を運んでいた事が判明しました。

もっと早く分かっていたら被害は最小限に防げたに違いないと悔やまれます。

●方位学のお陰で仕事も成功！

開運神社はもちろん、近年、方位学を実践するようになってから、仕事の面で確実に良い事が起きています。

思いがけないお金が早く入って来る事もありました。普通、公共事業は納品から約三カ月後に入金されるのですが、突然、一カ月後に入金された事もあります。

また、昨年（二〇一九年）より会社の規模が大きくなっているといった実感もあります。

実際、受注金額の大きな案件が増えていますし、昨年以降、大手企業によるＪＶ（建設関連共同企業体）から測量の依頼がありました――。

それ以前、大手調査会社の佐賀支店から調査依頼が来ました。

〝どこから依頼されたのですか？〟

そう聞きましたけれど、もちろん、答えていただけませんでした。

後で分かりましたけれど、ＪＶの一社（Ｍ社）の依頼で、東洋測量設計と組むために会社の業績を調べに来たのです。ほかにも同様のケースがもう一社（Ｃ社）ありました。

大手建設会社は設計と建築のみで、測量部門は持っていませんから、現地の測量会社を事業ごとに選定して共同で案件を進めていきます。

そこで選ばれる一番のポイントは、〝技術士〟という土木業界で最高の資格保有者をどれだけ抱えているかです。そのため、東洋測量設計でも、福岡や京都、東京、千葉など全国から技術士を集めて一対一の関係で業績を上げています。

ちなみに東洋測量設計には測量士や測量士補の有資格者が何人もいるのは当然の事として、建設コンサルタント関係で優秀な技術士（河川、道路、地質、鋼構造、土質基礎、地質、農業土木）を七人雇用しています。

ほかにも、一級土木施工管理技士や一級建築士、二級建築士、補償業務管理士など全部で四八の資格を有する人間を抱えています。

方位学を実践するようになってから、大手調査会社から調査依頼が来るようになりましたし、調査が完了すると某大手設計関係会社の営業マンが訪ねて来ます。

「一緒に組んで仕事をしましょう」というわけです。

それでＭ社とＣ社の二社と組む事になりました。

われわれ測量会社は、ＪＶの入札会に入りますと、地元企業が一社と県外の大手建設会社で一組になります。この組み合わせを〝親子〟と呼びます。もちろん、県外の大手建設会社が〝親〟で、われわれ地元の測量会社は〝子〟です。そして、予算が仮に一〇〇〇万円であれば、親が七割、県内の測量会社が三割の取り分になります。

その組み合わせで入札に臨むわけですが、参加した親子が一五社あっても、仕事は一つだけですから、当選率は一五分の一です。確率的に当たるのは一五回に一回となるわけですが、不思議な事に東洋測量設計が立て続けに仕事が取れるようになりました。

これには競争相手の他社が驚いたくらいです。

今は談合なんてできません。建設予定額の約八〇パーセントが最低落札価格と国土交通省が決めていますから、仮に建設予定額が一二〇〇万円なら一〇〇〇万円です。

これが九九九万円で入札しますと、最低落札価格を割っているので失格になります。極端な事を言えば、一五社全てが一〇〇〇万円で入札するわけです。

じゃあ、どこが取るかというと〝くじ引き〟で決まります。

電子くじと言って、三桁の番号を入力して、入札決定時間に検索機が出した数字のところに決定です。

コンピューターが決めますから八百長はないのに、東洋測量設計がどんどん取れるようになりました。特に昨年は〝当たり年〟で、東洋測量設計と組めば必ず取れるという感じで、M社とC社は必ず東洋測量設計と組むようになりました。

私はこれを方位学と開運神社のお陰だと考えています。もちろん、入札の前には必ず開運神社にお参りして、一万円を寄進してきます。

それを証明するものは何もありませんが、目に見える結果が実際に出ているわけですから方位学と開運神社の効能は明らかではないでしょうか。


読者のみなさんも何か叶えたい願い事があったら、ちゃんと目的に合った神社にお参りして、吉方位に三泊四日以上旅行してみる事をお勧めします。そして、移動距離は一〇〇キロ以上と、できるだけ遠いところに行けば行くほど効果はアップします。つまり、吉方位効果は宿泊数×移動距離なので、その効果は比例することを実感しています。

●創業四〇周年を超えて

現在、東洋測量設計は測量設計部門の従業員が約二〇人、コンビニエンスストア事業、介護事業を含めると約五〇人になります。新聞販売店を手掛けていた頃は全体で一七〇人ほどいました。

昭和が終わる昭和六四（一九八九）年には創業から一〇周年、平成一一（一九九九）年には二〇周年、そして、平成二一（二〇〇九）年には三〇周年を迎える事ができました。

二〇周年の際にも懇親会を当時の二階建てビルで開きましたけれど、三〇周年の際は、取引先の国土交通省、武雄市役所、読売新聞関係……などお世話になった方々を集めてクルーザーで記念のクルージングに出て、船上で豪華なパーティーを開きました。

クルーズ船上で行われた東洋測量設計創立30周年記念パーティーで挨拶。平成21（2009）年9月6日。

そして、コンビニエンスストア部門と新聞販売店部門、介護事業部門と、それぞれの従業員の中から相応しい人に功労賞を授与して、頑張りを称えました。

その後は懇親会を開いて、来賓の方たちに記念の挨拶をしてもらい、私も取引先の方々や従業員のみんなに感謝しました。

昨年の令和元（二〇一九）年九月六日には、ついに四〇周年の記念のパーティーを開く事ができました。令和の始まりの年に四〇周年というのも縁起がいいような気がしますが、そもそも、私にとっては〝三〇周年だから……〟とか、〝四〇周年だから……〟という気負いのようなものは意外とありません。

〝よくぞ、ここまで来れたものだな……〟

よくあるそういった実感のようなものはあまりなくて、たまたま創立記念日だから、たまたま三〇年経ったから……という感じです。

ですから、四〇周年も一つの通過点に過ぎません。特段の思い入れというものはありませんし、自然体と言えば自然体です。実は本を書こうと思ったのも三〇周年を過ぎた頃からで、四〇周年の際に本を出そうと思いました。

周囲からは〝やめとけば。四〇周年じゃ中途半端じゃないか〟と言われました。

どうせ出すなら五〇周年の時にという意味なのでしょうけれど、五〇周年となると、二〇二九年の九月には私も七七歳の喜寿を迎えていますから、はっきり言って生きているかどうかも分かりません。

幸い、私はこれまであまり病気をした事がありませんし、この年齢であれば誰しも心臓や肝臓、血圧など、体のどこかに不調を抱えているものですが、私には無縁です。

五〇周年もおそらく無事に迎える事ができるでしょうけれど、節目の年だからといって気負うこともなく、自分にできる事をしっかり〝測って〟実践していきたいと思います。

おわりに　新規事業のため生涯現役！
――これまで支えてくれた方々へ心よりの感謝

本書のタイトルにもありますように、セドリック2ドアハードトップと引き換えにスタートした東洋測量設計は、測量・建築部門だけでなく、コンビニエンスストア事業や新聞販売店事業、介護事業……といろいろな姿に形を変えました。

よくぞここまで大きくなってくれたものだと、われながら驚いています。

ただし、今が完成形ではなく、私はこの年になってもまだまだ野望を抱いています。

その一つ目の事業が、一〇〇円均一ショップです。

先日、吉方位の西北を目指して長崎県の対馬に行った際、商工会議所のビルの中に見た事のない一〇〇円均一ショップがありました。

品揃えを見てみますと、ダイソーやセリア、キャンドゥと違い、オリジナル商品がたくさん並んでいました。女性が気に入りそうなおしゃれな商品が多く、同じ一〇〇円でもこれは人気が出そうだなと思える商品ばかりでした。

〝ああ、こういう店をやりたいな！〟

その瞬間、私はそう思いました。やはり吉方位に従うといい事があります。

すぐ経営母体のE社に連絡を取って、フランチャイズ契約をしたいと話しました。すると、社長さんに「ぜひお会いしましょう」と言われて、神戸でお会いしました。

ほんの二時間あまりでとんとん拍子に話が進んで、金額も提示されました。

その店は対馬にできてもう一〇年以上経つそうです。同じビルにはイオンやマツモトキヨシなどのテナントもあって集客は十分望めます。店舗も商品もそのまま、現在八人いる従業員もそのまま、経営権が買い取った私に移動するだけの事です。

「本当に儲かっているのであれば手放す必要はないでしょう」

税理士さんにはそう言われました。確かにその通りですが、実際に社長さんから売上収支表を見せてもらいましたけれど、問題はありませんでした。先方にしてみれば、本社からは遠いので私に運営管理をして欲しいとの事でした。

まずは家族に話をして、最初に長男を現地に連れて行ったところ賛成してくれました。

ところが、妻と長女、そして税理士さんは首を縦に振ってはくれなかったので、今度は妻と長女を検分のために連れて行くつもりです。その後は、何としてでも税理士さんを説得して、対馬で一〇〇円均一ショップを経営したいと思います。

そして、それが成功したら、二号店を元ローソン武雄競輪所前店の場所に開きたいと思います。

――E社の社長とお会いしたのが令和二（二〇二〇）年三月の事で、その後の新型コロナ禍で話が止まったままですが、状況が変わったらすぐにでも進めるつもりです。

もう一つの野望が、私が生まれ育った土地に建てるビジネスホテルです。

既に設計も概ねできあがっていて、後は資金を融通してもらうだけですが、それが一苦労です。地上九階建ての大型ホテルで、温泉も掘る予定です。

総建設費用が約二〇億円と、これまでの最高時の売上が六億六〇〇〇万円の東洋測量設計にしては、その三倍の金額を銀行から借りるわけですからスケールの大きい話です。

しかも、周囲が畑の中にポツンと大きなビルが建つ感じで、電車利用客には不便で、二年後に新幹線が停まるようになったら、送迎バスが必要になってくるかもしれません。

でも、私自身、自分が生まれ育ったところに大きな建物を建てたいというのは夢でもあります。正直な気持ちを言えば、東洋リーセントビルをそのまま移転したいくらいなのです。それほど愛着がある土地です。

「武雄北方インターから一分なので、車で来る客にとって立地は問題ありませんよ」

設計事務所はそう言って太鼓判を押してくれました。

しかも、メーンバンクの支店長も前向きになってくれていますので、私は絶対にこのホテルを完成させるつもりです。

実は名前もすでに決まっています。

ＡＰＡホテルもそうですけれど、インターネットで検索して最初に出て来るように〝ア（Ａ）〟で始まるものにしました。それが「アーサークルーズホテル」という名前です。二年前に吉方位を目指して行ったヘルシンキでたまたま泊まったホテルがアーサーホテルでした。中世の伝説に登場する〝アーサー王と円卓の騎士〟のアーサーです。それを思い出して即決しました。

まあ、後で考えると〝あの田舎でアーサーホテルはないな〟とは思いましたが……。

建設予定のアーサーホテルの計画図。

アーサーホテルの最寄りとなるJR高橋駅のレトロな駅舎。

計画は着々と進んでいて、建築許可も下りていますので、極端な事を言えば、明日からでも着工できます。残る最後の難関は資金ですけれど、今ようやく三合目と言ったところでしょうか。

前述した一〇〇円均一ショップの営業がうまくいって後押しできる状況になれば、アーサーホテルの建設も無事に着工できるはずです。

このように、まだまだやりたい事はたくさんあります。

何より、人生の中で今が一番充実しています。私は今年で六八歳になりましたけれど、普通ならすでに引退している年齢です。同級生もみんな引退して、自宅の庭で盆栽でも鑑賞して……とか、そんな感じですけれど、私は絶対にそうはなりたくありません。

極端な事を言えば、私から仕事を取ったら何も残りません。

生涯現役が私のモットーなのです。

——欲を言えばもう一つ、極めてプライベートな事柄ではありますが、心残りの事を何とかして実現させたいという密かな願望もあります。

それは、やむを得ず疎遠になってしまった数人の親しい女性が、その後、どうなっているのか知りたいという事です。親しい間柄から仕方なく他人同士になってしまった女性に対して、私も少しは責任があるのではないかと思っており、彼女たちがその後、幸せになれたのかどうかが非常に気になっています。

幸い、当時の手紙などは今も大切に保管してありますので、そこに書かれた住所から足跡を辿れるのではないかとも思っております。

常に前向きで、人生であまり過去を振り返ったことがない私ではありますが、できることなら再会して、その後の人生が幸せだったかどうか聞いてみたいものです。

若かりし頃の当時に、朝霞在住だった秋田出身の方や、茨城県東海村のＳさん、山口県むつみ村のＳさん、小倉のＭさんからご一報いただければ幸いです。

「繁は小さい時からどっか変わっていたもんな」

父は平成一三（二〇〇一）年三月一一日に他界しましたけれど、亡くなる前にこう言っていました。農家に生まれた人間は農家を継ぐのが普通の時代に、私は農家を継ぐ事なく今日まで独立独歩でやってきました。

それでも優しく見守ってくれた父、そして、母、私が大好きだった祖母……生きていれば、みんなにこの本を見せてやりたかったとも思います。

また、これまで好きな事ばかりやってきた私を支えてくれた妻には心からの感謝の念でいっぱいですし、今、東洋測量設計やローソンや介護施設で働いてくれている子供たちと従業員、さらにはこれまで東洋測量設計を応援してくれた取引先の方々にも深く感謝します。

――新型コロナウイルスの流行は収まる事を知らず、これまでの生活様式は一変し、日本と世界の将来にも未だ暗雲が立ち込めています。それでも、私は敗けることなく前進したいと考えています。

近い将来、私の次の世代が盛り立てていく事になると思いますが、東洋測量設計がますます発展することを約束して、筆を擱《お》きたいと思います。

【付録1】お勧め開運神社一覧

伊勢神宮	諸事万端	現実界の一切について情感をふり絞って祈る	奇跡の開運 P.104
箱根神社	道中安全、開運招福	箱根を背にした者は天下を征する	奇跡の開運 P.123
〃	祈願の成就力ということでは、諏訪よりも箱根のほうが強いです。		鹿島風土記 P.125
〃	眷属がたくさんいる箱根の神様はオールマイティなのです。だから、祈願の成就力に関しては箱根が一番。深見東州が箱根を強く勧めている理由はそこにある。		鹿島風土記 P.126
〃	箱根は真ん中。1、2、3は諏訪。8、9、10が鹿島です。諏訪の神様にお願いするにしても、鹿島の神様にお願いするにしても、箱根の神様にもお働きいただくことで、どんなケースにでも適合するのではないかと思います。諏訪はゼロからのスタート。箱根は何でも叶う。万願成就。トップに立ったら鹿島。		鹿島風土記 P.133
〃	三碧木星の女性はとくに木花開耶姫に近く、瞬間瞬間に感情が変化し、ときには大爆発することが多いような気がしてなりません。		鹿島風土記 P.28
鹿島神宮	交通安全、安産、殖産興業	組織を束ねる気力、体力、実行力を授かる	奇跡の開運 P.135
〃	鹿島のご神霊と感動的にお会いする。		鹿島風土記 P.25
〃	大きな神様には大きな心で向かう。鹿島の神様は大きな次元界の神様です。		鹿島風土記 P.30
〃	日本の国を守りたまえ！鹿島の神様は、国を思う心、国を愛する心にもストレートに応えてくださる。「日本の国を何とか守りたまえ」と祈る。		鹿島風土記 P.33
〃	会社でいえば、社長の運気がよくなりますと、会社が繁栄します。鹿島の神様は大きな神様です。その鹿島のかみさまが動けば、身の回りの小さなことなんかアッという間に解決します。「あっ、いいですよ」と、小指をピッと動かすだけで病気もよくなるし、家運もよくなります。		鹿島風土記 P.34
〃	鹿島の神の和歌その2「ありがたき　かしまのかみに　もうでする　いずみわくちえ　ふつのたまこむ」ありがたい鹿島の神に詣でる。泉のごとく湧いてくる知恵とふつふつと湧いてくる魂が来る。		鹿島風土記 P.46
〃	鹿島の神の和歌その1「かみよりの　ふねまちきたり　つむがりの　たちのこころに　もどるかみさち」神様からいただく船を待っていました。研ぎ澄まされた剣の太刀の心に戻る鹿島の大神の幸。		鹿島風土記 P.41
〃	よし、この者のために大きく動いてやろう。		鹿島風土記 P.42
〃	鹿島の大神様を感動させよう。		鹿島風土記 P.60
〃	ここ一番というときに大いなる働きをされるのは、いつも鹿島の神様です。		鹿島風土記 P.114
〃	鹿島の神様は金髪です。背が高くて美しい金髪です。（神武天皇様も金髪）		鹿島風土記 P.117

〃	危機一髪というときにまた鹿島の神様が出てこられて、ふつふつと湧いてくる経津主（ふつぬし）の神様とともにこれを盛り返していく。		鹿島風土記 P.121
〃	ゼロからスタートするときは諏訪の神様（諏訪大社）に参拝する。（ホテル経営） 会社が倒産したときも諏訪「ああ、一からまたやり直すしかない」人生をやり直すときも諏訪がお勧めです。諏訪はゼロからのスタートですから１から10のうちだいたい４ぐらいまでフォローしてくれます。５から８ぐらいまでは箱根の神様です。祈願成就力ということでは諏訪よりも箱根のほうが強い。		鹿島風土記 P.123
〃	オールマイティに力を発揮される箱根の神様。「天下一の人間にして下さい」		鹿島風土記 P.125
〃	鹿島は８ないし９にまで到達した人に向いております。		鹿島風土記 P.127
〃	奪取したトップの座や政権を維持していくときも鹿島。		鹿島風土記 P.129
〃	後継者を誰にしたらいいんだろうか、会社をどういうふうに運営していったらいいんだろうか、ということで、社長さん、迷ったときは、鹿島へいくべきです。		鹿島風土記 P.131
〃	関東では鹿島しかありません。鹿島がダントツ日本一です。実力の保持、実力を落とさないために鹿島へ行く。		鹿島風土記 P.134
住吉大社	海路平安、農業・産業振興	総合的な推進霊力では関西随一	奇跡の開運 P.163
〃	事業の行き詰まり全般を大きく広く開いてくださる。		奇跡の開運
大神神社	産業開発、方除、治病、造酒製薬、交通航海安全、縁結び	トラブルが遅くとも三カ月以内に決着する	奇跡の開運 P.168
〃	①の功徳…トラブル、もめごと、裁判ごと、特に男女が別れるか一緒になるか迷っている時など、早くて三日、遅くとも三ヶ月以内には、はっきりと白黒をつけて下さる		奇跡の開運 P.175
〃	②の功徳…悪霊・邪霊などの「もののけ」をピシッと押えてくださる徳		奇跡の開運 P.175
〃	③の徳…資金繰りに霊験あらたかな神様だから、お金のやりくりに困った時、心から祈願すれば、きっと助けの手がさしのべられるであろう。		奇跡の開運
〃	三輪の神様は大物主の神様ですから、魔をグーッと押さえる働きがあります。資金繰りの神様でもありますが資金繰りなんていうのは情け容赦なしで取り仕切る。		熊野風土記 P.24
熊野大社	国土安穏	圧倒的な大地のパワーで大開運	奇跡の開運 P.189
〃	熊野の神様と三輪の神様を比較しますと、三輪の七に対して熊野は十であり、その五十倍強いのが伊勢の大神様である、と神様がおっしゃっていました。		熊野風土記 P.18
〃	①のお役割…芸術の道を成就させる神であると同時に、出版の神である。		熊野風土記 P.18
〃	②のお役割…公共のために益することを全部、成就させる。		熊野風土記 P.19
〃	③のお役割…会社及び社会に対して反逆児を正臣に変える働きがある。		熊野風土記 P.19

〃	熊野は芸術の道を完成・成就させる。（建築設計・洋服の仕立屋・調理師などどんな仕事をしている人にとっても大事）。公共・公益に関する事柄を完成		熊野風土記 P.24
宇佐神宮	福徳愛敬、交通安全、安産、教育進展	全国津々浦々に行きわたらせるネットワーク	奇跡の開運 P.203
宗像大社	海上安全	言葉と弁才の神で組織を開運させる	奇跡の開運 P.212
〃	宗像の神とは◎神の右腕であり、人材を結集する神である、宗像の神様にお願いすれば、自分の右腕になってくれるような人材、自分の代わりになって働いてくれる人材が与えられる。宗像には人材を結集するための力があり、そのためのあらゆる財力も集まる。熊野は左腕である。		奇跡の開運
〃	人、物、金の手配をよろしくしてくれる。人、物、金を結集する神様であるから、新たな企てをするために、あるいは、組織の拡充のために、勢力不足の時にお参りに行く。		奇跡の開運
〃	宗像の神様にお願いすれば、自分の右腕になってくれるような人材、自分の代わりになって働いてくれる人材が与えられる。		熊野風土記 P.20
〃	宗像には人材を結集するための力があり、そのためのあらゆる財力も集まる。		熊野風土記 P.20
出雲大社	家内安全	世事万端ありとあらゆるご利益を授かる	奇跡の開運 P.198
諏訪大社	五穀豊穣、交通安全、開運長寿	アルプス連峰は世界を代表する大神界	奇跡の開運 P.143
	ゼロからスタートする時は諏訪の神様。経営者なら会社を創業するとき、政治家志望でしたら初めて市議会議員、県会議員に立候補するとき、あるいは作家志望の人だったら、何かの賞に初めて応募するときには、諏訪神社にお参りしたらいいでしょう。		鹿島風土記 P.123
	会社が倒産したときも諏訪。「ああ、一からまたやり直すしかない」と人生をやり直すときも諏訪がお勧めです。		鹿島風土記 P.124
	諏訪はゼロからのスタートですから、１から10のうちだいたい４ぐらいまではフォローしてくれます。ゼロから１、２、３、４、ぐらいまでは諏訪の神様。５から８ぐらいまでは箱根の神様です。祈願の成就力ということでは、諏訪よりも箱根のほうが強いです。		鹿島風土記 P.124
白山比咩神社	五穀豊穣、家内安全、盛業、開運招福	恐ろしく厳しく、最も有難い命の水の親神	奇跡の開運 P.150
熱田神宮	国土安穏、厄除	意志と勇気をふるい立たせる戦勝の神	奇跡の開運 P.158
西宮神社	商売繁盛、海上交通安全、福徳円満	忍耐と根気で商売繁盛に導く福の神	奇跡の開運 P.180

【付録２】吉方位結果

【付録２】吉方位結果

2018年2月～2020年1月までの吉方位の実績及び方位効果（独り旅） 宿泊数×移動距離＝吉方位効果							
回数	行先	渡航期間	吉方位の祐気取り	出発日の吉凶	交通費（LCC航空）	移動距離及び方位効果（祐気取り）	移動距離
1	ソウル（韓国）	2018年2月9日～2月13日（3泊4日）	北西3倍吉（大大吉）	凶方位	44,400	福岡空港発→ソウル仁川国際空港⇒地下鉄⇒仁寺洞ホテル（1000km）	561km
2	ペキン（中国）	2018年6月8日～6月11日（3泊4日）	北西4倍吉（大大大吉）	凶方位	73,770	福岡空港発→北京国際空港⇒バス⇒シェラトンペキンホテル	1,421km
3	ストックホルム（スウェーデン）	2018年7月19日～7月23日（3泊5日）	北西5倍吉（大大大大吉）	凶方位	75,000	関西空港発→アーランダ空港⇒地下鉄⇒パークインソルナホテル	8,005km
4	ダイレン（中国）	2018年8月10日～8月13日（3泊4日）	北西4倍吉（大大大吉）	凶方位	62,280	福岡空港発→ダイレン空港⇒送迎者⇒蜜月之恋ホテル	988km
5	ソウル（韓国）	2018年9月15日～9月18日（3泊4日）	北西3倍吉（大大吉）	凶方位	23,510	福岡空港発→ソウル仁川国際空港⇒地下鉄⇒マウイ東大門ホテル	557km
6	ヘルシンキ（フィンランド）	2018年11月23日～11月26日（3泊5日）	北西3倍吉（大大吉）	普通方位	50,000	成田空港発→ヘルシンキ空港⇒タクシー⇒ホテルアーサー	7630km
7	ダイレン（中国）	2019年1月11日～1月14日（3泊4日）	北西4倍吉（大大大吉）	吉方位	56,708	福岡空港発→ダイレン空港⇒地下鉄⇒サンムーンレイクホテル	557km
8	チェジュ（韓国）	2019年2月8日～2月11日（3泊4日）	西2倍吉（大吉）	凶方位	39,100	福岡空港発→済州空港⇒タクシー⇒ＢｎＢホテル．	325km
9	ソウル（韓国）	2019年3月22日～3月25日（3泊4日）	北西3倍吉（大大吉）	普通方位	43,610	福岡空港発→ソウル仁川国際空港⇒送迎者⇒東横釜山駅Ⅱホテル	557km
10	チェジュ（韓国）	2019年4月28日～5月2日（4泊5日）	西1倍吉（吉）	吉方位	40,180	福岡空港発→済州空港⇒タクシー⇒ツインズホテル	325km

11	ローマ（イタリア）	2019年5月16日～5月22日（3泊7日）	西4倍吉（大大大吉）	吉方位	82,630	関西空港発→ローマ空港⇒タクシー⇒シェラトンローマホテル	9,525km
12	ペキン（中国）	2019年6月27日～6月30日（3泊4日）	北西4倍吉（大大大吉）	普通方位	60,110	福岡空港発→北京国際空港⇒徒歩⇒ジンジャインホテル	1423km
13	天津（中国）	2019年10月18日～10月21日（3泊4日）	北西4倍吉（大大大吉）	吉方位	56,024	福岡空港発→天津空港⇒徒歩⇒エレガントホテル	1,322km
14	パリ（フランス）	2019年11月30日～12月4日（3泊5日）	西2倍吉（大吉）	吉方位	73,710	成田空港発→シャルル・ドゴール空港⇒地下鉄⇒ホテルレセダ	9,538km 今回最長
15	ロンドン（イギリス）	2020年1月7日～2月3日（3泊5日）	西2倍吉（大吉）	凶方位	111,003	関西空港発→ロンドン・ヒースロー空港⇒地下鉄⇒シェークスピアホテル	9,425km
16	オスロ（ノルウェー）	2020年1月23日～1月29日（3泊7日）	北西4倍吉（大大大吉）	吉方位	117,280	福岡空港発→オスロ・ガーデエモン空港⇒地下鉄⇒ラディソンブルホテル 【ハプニング発生】オスロ空港で女性税関に不信人物（頻繁にヨーロッパ渡航）と間違われ入国拒否され2時間ほど職務質問されひどい目にあった。	8,289km

※この後、2020年（令和2年）2月より新型コロナ発生の為に海外渡航禁止になる。

吉方位結果一覧

1．業務完成で請求した金が思いもよらず早く入金する件数が増加した。
2．仕事量が次第に増えてきて売上高も増加した。
3．業務用の必要な車両が全国のヤフオク出品やジモティ出品のサイトからタイミングよく市場価格に対して超安価の1／3程度の価格で購入でき会社の経費を抑える事が出来て納税が増加した。
4．取引銀行の融資枠が大きくなり資金繰りが以前より楽になった。今まで取引がなかった銀行より突然融資の話が舞い込んで多額の借入が実行出来た。
5．仕事の取引先が確実に増えてきた実感がある。
6．新しい発想が次々と生まれて、それを実行に移す為に多忙な日々で充実した毎日を送り、楽しい人生を習得している。
7．あらゆるジャンルの読書をすることが好きになり、新規開拓を積極的に遂行するようになった。
8．時間は命と同じで、お金より時間がはるかに大切なことが分かってきた。

著者プロフィール

池田 繁（いけだ しげる）

昭和27年６月23日佐賀県武雄市に生まれる。昭和46年３月佐賀県立佐賀農業高校農業土木科卒業。昭和48年３月読売九州理工専門学校土木工学科卒業。昭和48年４月新日本土木（現・丸紅建設）広島支店入社。昭和52年三興測量設計入社。昭和54年９月東洋測量設計創業。平成６年ローソン武雄競輪場前１号店オープン。平成７年東洋リーセントビルを竣工し、スカイレストラン「武雄ブルーノート TOYO」オープン（現在は屋上ビアガーデンのみ営業中）。平成17年読売新聞販売店を経営（後に撤退）。平成18年介護施設（グループホーム）開所。現在に至る。

株式会社東洋測量設計

〒843-0022　佐賀県武雄市武雄町大字武雄5014-1

TEL：0954-23-7514　FAX：0954-23-3820

人生は自分で測れ！　すべては80万円の中古セドリックから始まった

2021年３月15日　初版第１刷発行

著　者　池田 繁

発行者　瓜谷 綱延

発行所　株式会社文芸社

〒160-0022　東京都新宿区新宿１－10－１

電話　03-5369-3060（代表）

03-5369-2299（販売）

印刷所　株式会社フクイン

ISBN978-4-286-22178-6